이해력이 쑥쑥
스토리가 있는
영단어
100

교육부 선정 기본 필수

이해력이 쑥쑥 스토리가 있는 영단어 100

글 이상민 & 썬 킴 | 그림 김미은

머리말

은행을 뜻하는 *bank*라는 단어는 어떻게 시작되었을까? *Bank*는 유태인들이 의자를 가리키던 말인 *banco*에서 유래되었어. 그러고 보니 의자를 뜻하는 영어 단어 *bench*와도 비슷하지? 옛날에 유태인들은 시장에서 의자에 앉아 거래를 했대. 이국적인 분위기가 물씬 풍기는 시장에서 의자에 앉아 돈을 거래하던 유태인 상인들을 머릿속에 그려

봐. 그런데 만일 상인이 앉아 있던 의자가 부러지면 무슨 일이 일어날까? 그 상황은 영어로 뭐라고 할까? 이 책을 조금만 넘기면 그 답을 알 수 있단다. *Bank*라는 단어에 얽힌 유구한 역사를 말이야.

우리나라에서 공부를 한다는 것은 쉬운 일이 아니야. 그것도 영어 공부를 한다는 것은 말이야. 공부가 재미있으면 좋을 텐데, 누구나 공부를 좋아하는 것은 아니니까. 게다가 영어는 우리가 일상생활에서 늘 사용하는 언어가 아니기 때문에 배우고 공부해도 자꾸 잊어버리게 돼. 우리는 너희가 이 책을 통해서 영어를 공부한다기보다는 '알아 가는 재미'를 느끼길 바라. 이 책에는 우리가 흔히 쓰는 영어 단어 100개를 골라서 그 단어의 유래에 얽힌 재미있는 이야기와 역사적 배경, 신화, 문화 등에 대한 설명을 담았어.

언어라는 것은 오랜 시간 동안 많은 사람들의 입에 오르내리면서 새

롭게 가지를 뻗기도 하고 변화하기도 하며, 때로는 사라지기도 한단다. 언어는 그런 과정을 거쳐 지난 세월의 역사와 문화, 사람들의 생각과 삶을 반영하고 표현하는 거야. 그러니까 어떤 언어를 배운다는 것은 그 언어를 쓰는 사람들의 역사와 문화, 사회 등 모든 것을 배우는 것이란다.

이 책을 읽다 보면 새로운 단어를 많이 만나게 될 거야. 옛날 사람들이 그 단어를 어떻게 사용했는지 읽으면서 그 상황을 상상해 보렴. 그리고 오른쪽 페이지에 수록된 대화문에서 그 단어가 어떻게 실제 상황에서 쓰이고 있는지도 살펴봐. 대화문을 큰 소리로 읽어 보고, 들으며 따라 말해 봐. 이렇게 하면 새로 배운 단어를 오랫동안 기억할 수 있고, 대화문에 나오는 영어도 어느 순간 너희 것이

되어 술술 말할 수 있을 거야. 그리고 이 책에 나오는 인문학적 지식은 너희에게 많은 영감을 줄 거란다. 너희가 이 책을 통해서 인문학적 지식도 갖추고 영어도 재미있게 배울 수 있으면 좋겠어.

이상민

차례

머리말 • 4

1. Academy • 12

2. Actor • 14

3. Afternoon • 16

4. Airport • 18

5. Animal • 20

6. Arrive • 22

7. Autumn • 24

8. Bank • 26

9. Beach • 28

10. Beautiful • 30

11. Book • 32

12. Bread • 34

13. Breakfast • 36

14. Cake • 38

15. Calculate • 40

16. Capital • 42

17. Catch • 44

18. Ceiling • 46

19. Charge • 48

20. Charm • 50

21. Cheese • 52

22. City • 54

23. Clue • 56

24. Coffee • 58

25. Date • 60

26. Down • 62

27. Dream • 64

28. Dress • 66

29. Dry • 68

30. Elbow • 70

31. Erase • 72

32. Etiquette • 74

33. Eureka! • 76

34. Fame • 78

35. Fantasy • 80

36. Focus • 82

37. Fool • 84

38. Free • 86

39. Galaxy • 88

40. Game • 90

41. Ghost • 92

42. Grammar • 94

43. Ground • 96

44. Hamburger • 98

45. Handle • 100

46. Humor • 102

47. Idea • 104

48. Island • 106

49. January • 108

50. Join • 110

51. Judge • 112

52. Kick • 114

53. Knee • 116

54. Laugh • 118

55. Law • 120

56. Learn • 122

57. Left • 124

58. Letter • 126

59. Library • 128

60. Lunch • 130

61. Magazine • 132

62. Mail • 134

63. Marathon • 136

64. Mirror • 138

65. Name • 140

66. Neighbor • 142

67. News • 144

68. Nickname • 146

69. O'clock • 148

70. Onion • 150

71. Orchestra • 152

72. Orient • 154

73. Over • 156

74. Panic • 158

75. Paper • 160

76. Passion • 162

77. Piano • 164

78. Play • 166

79. Pretty • 168

80. Pupil • 170

81. Question • 172

82. Rainbow • 174

83. Right • 176

84. Road • 178

85. Robot • 180

86. Sad • 182

87. School • 184

88. Slave • 186

89. Sport • 188

90. Stomach • 190

91. Sunday • 192

92. Talent • 194

93. Test • 196

94. Travel • 198

95. Usual • 200

96. Village • 202

97. Volume • 204

98. Weather • 206

99. Yesterday • 208

100. Zero • 210

① Academy

무슨 뜻일까?

흔히 학술원, 학교, 학원처럼 공부와 관련된 곳을 Academy라고 해.

어디서 왔을까?

Academy는 그리스의 트로이 전쟁으로 거슬러 올라가 유래를 찾을 수 있어. 이 단어는 그리스 신화로부터 시작되었는데, 트로이 전쟁의 불씨가 된 미녀 헬레나와 영웅 테세우스와 관련이 있단다. 테세우스는 헬레나의 미모에 반해 그녀를 납치했어. 그러자 그녀의 오빠들은 아카데모스라는 사람의 도움을 받아 헬레나를 다시 찾아왔지. 이후 아카데모스에게 고마움을 전하기 위해 아테네에 그의 이름을 딴 공원을 만들게 되었어. 그리스의 철학자 플라톤은 그 공원에 학교를 세웠고, 많은 사람들이 그곳에서 공부를 했단다. 그 이후부터 Academy가 공원이 아닌 학교, 연구하는 곳이라는 뜻을 갖게 되었대.

A: Hi, June. Where are you going?

B: I am going to the Soccer academy.

A: Great! I envy you. I am going to the English academy now to study. I want to play soccer with you during this vacation.

A: 안녕, 준? 어디 가?

B: 축구 교실에 가.

A: 멋지다! 부러워. 난 영어 학원에 가.
   이번 방학에는 너랑 놀고 싶은데.

2) Actor

무슨 뜻일까?

'연기를 하다'라는 뜻을 가진 *act*에 '~하는 사람'이라는 뜻의 *-or*이 붙어서 연기자, 배우라는 단어가 되었어.

어디서 왔을까?

영어에는 남성과 여성을 뜻하는 단어가 다른 경우가 많은데, actor도 그중 하나야. 남자 배우는 actor, 여자 배우는 *actress*라고 하지. 남성을 가리키는 단어에 *-ess*가 붙어서 여성을 가리키는 말이 돼.

A: Who's your favorite actor?

B: I like Tom Cruise.

A: Oh, he's a great actor. I like his movies, too.

B: Yes, his acting is so good.

A: That's why I like him.

A: 네가 제일 좋아하는 배우가 누구야?

B: 난 톰 크루즈가 좋아.

A: 멋진 배우야. 나는 그 사람이 나온 영화들을 좋아해.

B: 맞아. 연기가 너무 좋아.

A: 나도 그래서 좋아해.

Afternoon은 *after*와 *noon*이 합쳐진 단어야. *After*는 '~후에'라는 뜻이고 *noon*은 정오라는 뜻이니까 afternoon은 정오 후에, 다시 말해 오후를 뜻하지.

영어에서는 하루 중 어느 때에 인사하는가에 따라 인사말이 달라진단다. 아침에는 *Good morning*, 오후에는 *Good afternoon*, 저녁에는 *Good evening* 그리고 잠잘 시간에는 *Good night*이라고 하지. 상대방이 이런 인사를 하면 똑같이 *Good morning*, *Good afternoon* 하고 대답하면 돼. Afternoon과 관련해서 재미있는 이야기가 있어. 혹시 afternoon *tea*라는 단어를 들어 봤니? 점심을 먹고 저녁까지 기다리던 중에 출출해지면 차와 함께 비스킷이나 스콘 같은 간식을 먹는 것이 afternoon *tea*란다. 영국 사람들은 이 afternoon *tea*를 아주 좋아해. 영국인은 afternoon *tea*를 먹는 시간엔 전쟁도 멈춘다는 농담이 있을 정도야.

A: Can you help me with my math homework?

B: Sure. Let's meet this afternoon then.

A: Sounds great. Thanks!

A: 수학 숙제 좀 도와줄래?

B: 그럼. 오후에 만나서 하자.

A: 좋아. 고마워!

4 Airport

공기라는 뜻을 가진 *air*와 항구라는 뜻을 가진 *port*, 두 개의 단어가
합쳐져서 airport라는 단어가 되었는데, airport는 공항이라는 뜻이야.

어디서 왔을까?

Airport라는 단어는 원래 *aerodrome*이라는 단어에서 왔어. *Aero*는
air(공기)를 뜻하고 *drome*은 *course*(방향, 항로), *road*(길)을 뜻하
는 말이었는데 이 두 단어가 합쳐져서 '공중에서의 방향'을 가리키는
*aerodrome*이 된 거야. Airport는 2차 세계 대전 이후에 공항이라는 뜻
으로 널리 쓰이기 시작했지.

이번엔 *airplane*, *aircraft*라는 단어의 뜻을 한번 추측해 볼까? 두 단어
모두 비행기라는 뜻으로 주로 사용되는데, *airplane*은 비행기, *aircraft*
는 헬리콥터·비행기·에어벌룬(*air balloon*) 등 하늘을 나는 탈 것들을
가리킨단다.

A: Which airport is the biggest in the world?

B: New York or Incheon?

A: I will check on the internet.

A: 세계에서 제일 큰 공항이 어디지?

B: 뉴욕 공항 아니면 인천 공항일걸.

A: 인터넷으로 한번 찾아볼게.

5 Animal

Animal은 동물이라는 뜻이야. 이때 동물은 스스로 움직일 수 있는 생물을 의미해. 스스로 움직이지 못하는 생물인 식물은 *plant*라고 하지.

Animal은 라틴어에서 온 단어로, 원래는 '숨이나 영혼이 있는'이라는 의미였대. 시간이 지나면서 뜻이 바뀌어서 각종 동물들을 지칭하게 되었지.

우리가 흔히 사용하는 단어 중에 animal과 관련된 단어가 있는데, 바로 *animation*(애니메이션)이야. *Animate*는 '살아 움직이게 만들다', '생동감 있게 만들다'라는 뜻이거든. 움직이지 않던 그림을 살아 움직이게 만든 것이 바로 *animation*이야.

A: What are you watching?

B: Fantastic Animal Worlds. It shows many interesting things about the animal world.

A: What kind of animals?

B: There are lions, cheetahs, elephants and more.

A: Oh, wild animals. I like pets better, like cats and dogs.

A: 뭐 보고 있어?

B: 멋진 동물의 왕국. 동물의 세계에 관한 재미있는 이야기들이 많이 나와.

A: 어떤 동물들이 나오는데?

B: 사자, 치타, 코끼리 등등.

A: 오, 야생동물들이구나. 난 고양이나 개 같은 반려동물이 더 좋아.

※wild animal: 야생동물
※pet: 반려동물

6 Arrive

'~에 도착하다'라는 뜻이야. Arrive 다음에는 *at*이나 *in*이 따라와.
"*I arrived at the park.*"라든가 "*He arrived in New York.*"처럼 말이야.

arrive라는 단어는 1200년경부터 사용됐어. 예전에는 배가 긴 항해를
마치고 뭍에 도착한다는 뜻이었대. 오랜 항해 끝에 육지에 도달한 그
안도감이 arrive라는 단어에 녹아들어 있는 셈이지. 그러나 오늘날에
는 그런 의미보다는 어디에든 도착하는 것을 말해.

A: Hi, I am back from my trip!

B: Welcome home! When did you arrive?

A: I arrived here last night.

B: Then, you must be really tired now.

A: 안녕, 나 여행 갔다가 돌아왔어.

B: 잘 왔어! 언제 도착했어?

A: 어젯밤에 도착했지.

B: 그럼 지금 정말 피곤하겠다.

7 Autumn

Autumn은 가을을 뜻해. 예전에는 여름의 끝이라는 의미로 쓰이기도 했어.

어디서 왔을까?

가을은 *fall*이라고 쓰기도 하는데, 가을에 낙엽이 떨어지기(*fall*) 때문이야. 영국이 autumn이라는 단어를 자주 쓰는 반면, 미국에서는 *fall*을 더 많이 쓴단다. 옛날에는 autumn 대신 *harvest*라는 말을 쓰기도 했어. *Harvest*는 '추수하다'라는 뜻인데, 가을에 추수를 많이 하기 때문에 쓰게 된 거지.

다른 계절을 가리키는 단어도 알아볼까? 봄은 *spring*, 여름은 *summer* 그리고 겨울은 *winter*라고 한단다.

A: What's your favorite season?

B: My favorite season is autumn.

A: Me, too. The mountains are full of colors
during autumn.

A: 네가 제일 좋아하는 계절이 뭐야?

B: 난 가을이 제일 좋아.

A: 나도. 가을엔 산들이 알록달록해지잖아.

8 Bank

Bank는 은행을 뜻해. 우리들이 용돈을 저금하러 가는 곳이지.

어디서 왔을까?

은행이라는 의미의 bank는 벤치를 가리키던 이탈리아어 'banco'에서
유래했어. 옛날에는 시장 벤치에 앉아 돈을 바꾸어 주거나 빌려주는
일을 했대. 요즘으로 치면 은행이 하던 일을 벤치에 앉아서 했던 거
지. 그래서 banco에서 bank라는 단어가 탄생한 거야. Banco는 벤치라
는 뜻 외에도 돈을 올려 두는 테이블이라는 뜻도 있었어. 시장에서 돈
을 바꾸어 주던 사람이 망하거나 신용을 잃으면, 벤치를 부러뜨려서
더 이상 그곳에서 일을 하지 못하게 했단다. 여기에서 bankrupt(파산
한)라는 단어도 나오게 된 거야. Bank와 '부러진'이라는 의미의 라틴
어 rupt가 결합한 단어이지. bankrupt는 이탈리아어와 라틴어가 모두
들어간 단어인 셈이야.

A: I received a lot of money on New year's day.

B: What are you going to do with it?

A: I am going to save it in the bank.

A: 나 설날에 세뱃돈 많이 받았어.

B: 그걸로 뭐 할 거야?

A: 은행에 가서 저금할 거야.

9) Beach

바닷가, 해변이라는 뜻이야. 바다는 *sea, ocean*이라고 한단다.

Beach는 1500년대까지도 바닷가에 있는 작은 돌을 의미했어. 바닷가에 있는 돌들은 파도에 쓸리면서 점점 작아지고 반질반질해지잖아. 이런 돌들을 지금은 *pebble*이라고 부르는데, 예전에는 beach라고 불렀대. 생각해 보면 이런 작은 돌들이 바닷가에서 파도에 닳아 모래사장이 되었을 테니 beach의 뜻이 딱 들어맞네. 우연이라고 하기에는 참 신기하지?

A: Hi, Sue. Do you want to go to the beach tomorrow?

B: Sure, sounds great.

A: What do you want to do at the beach?

B: I'm going to swim and play beach volleyball.

A: Sounds fun.

A: 안녕, 수. 내일 바닷가에 갈까?

B: 그럼, 좋지.

A: 바닷가에서 뭐 하고 싶어?

B: 수영도 하고, 비치발리볼도 하고 싶어.

A: 재밌겠는걸.

※beach volleyball: 모래사장에서 2:2로 하는 배구

10 Beautiful

무슨 뜻일까?

'아름다운'이라는 의미의 beautiful은 *beauty*(아름다움)와 *-ful*이 합쳐져서 만들어진 말이야. Beautiful은 여자에게 더 자주 쓰이기는 하지만 남자에게 사용하기도 해. 참고로 영어에서 *-ful*로 끝나는 단어는 '~한, ~로운'과 같은 의미가 있단다.

어디서 왔을까?

*Beauty*의 어원은 14세기까지 거슬러 올라가는데, 겉모습의 아름다움뿐 아니라 고운 예절과 행동까지 포함한 단어였어. 그러다가 점점 외모에 대한 의미로 쓰이게 되었단다. 그러나 주로 외모가 예쁘다는 것을 의미하는 *pretty*와는 달리 beautiful은 여전히 외모뿐 아니라 그 사람의 됨됨이를 포함하는 경우도 있어. 예를 들어, *"They are beautiful people."*이라고 말한다면, 그들의 외모보다는 품성을 칭찬하는 것이지.

A: Who is the beautiful girl over there?

B: That's Younghee. She is nice. I will introduce you to her.

A: 저기 있는 예쁜 여자애는 누구야?

B: 영희야. 좋은 아이지. 인사시켜 줄게.

11 Book

책이란 뜻이야. 옛날에는 문서, 파피루스라는 뜻이었대. 그러다가 글자로 쓰인 문서, 문서를 묶어 놓은 것 등을 뜻하다가 지금의 책이라는 의미가 된 거야.

어디서 왔을까?

Book은 워낙 오랫동안 인류와 함께한 물건이기 때문에 관련된 단어가 많단다. *Bookstore*(서점), *bookcase*(책장), *bookshelf*(책꽂이), *bookmark*(책갈피) 등이 있지. 그럼, *bookworm*은 뭘까? *Worm*은 벌레이니까 책을 먹고 사는 벌레를 말하는 걸까? 아니야! 정답은 책벌레, 즉 책을 너무나도 좋아하는 사람을 말한단다.

A: What are you doing?

B: I'm reading a book.

A: That book doesn't look very interesting.

B: Actually, it is very interesting.

　Don't judge a book by its cover.

A: 뭐 해?

B: 책 읽고 있어.

A: 별로 재밌는 책 같지 않은데.

B: 진짜 재밌어. 겉모양만 보고 판단하면 안 되지.

※Don't judge a book by its cover: 책을 겉만 보고
  판단하지 말라. 즉, '겉모양만 보고 판단하지 말라'는
  뜻이야.

12 Bread

무슨 뜻일까?

Bread는 빵이라는 뜻이야. 고대 영어에서는 bread가 부스러기라는 단어로 쓰이다가 중세를 지나면서 오늘날의 의미인 빵이 되었단다.

어디서 왔을까?

예전에는 빵을 *loaf*(덩어리)라고 불렀고 bread는 *loaf*에서 떨어진 부스러기였어. 영어에서 빵을 한 개, 두 개 셀 때 *a bread*가 아니라 *a loaf of bread*라고 세는데, 아마 이러한 옛날 단어에서 유래한 것 같아.

서양에서는 오랫동안 빵이 주식이었기 때문에 bread가 들어간 말이 많아. 그럼 *breadwinner*는 무슨 뜻인지 알아 맞혀 봐. '빵을 벌어 오는 사람'이니 가족을 먹여 살리는 사람, 즉 가장을 의미한단다.

A: I'm going to make a sandwich.

B: But we don't have any bread. I ate it all.

A: Oh, no!

A: 나 샌드위치 만들 거야.

B: 그런데 빵이 없어. 내가 다 먹었거든.

A: 오, 안 돼!

13 Breakfast

무슨 뜻일까?

*Break*는 '~를 깨다'라는 뜻이고 *fast*는 단식이란 뜻인데, 이 두 단어가 합쳐져 '단식을 깨다', 즉 밤새 굶다가 아침에 음식을 먹는다는 의미가 되었어. 아침 식사를 가리키지.

어디서 왔을까?

우리는 하루에 세 번 식사를 하고 중간에 간식을 먹지. 하루 동안 우리가 먹는 식사를 영어로는 뭐라고 할까? 아침은 breakfast, 점심은 *lunch*, 저녁은 *dinner*라고 한단다. *Dinner*는 영국에선 *supper*라고 해. 이런 식사를 모두 합해서 *meal*이라고 하고, 식사 사이에 먹는 간식은 *snack*이라고 하지. 그리고 애매한 시간에 먹는 아침 겸 점심을 breakfast와 *lunch*를 합한 *brunch*라고 부른단다.

서양에서는 아침에 *cereal*(시리얼), *toast*(토스트), *pancake*(팬케익), *juice*(쥬스), *milk*(우유) 등을 주로 먹어.

Dialogue

A: Did you have breakfast?

B: Yes, I did.

A: What did you have for breakfast?

B: I had cereal with milk.

A: 아침 먹었어?

B: 응, 먹었어.

A: 아침으로 뭘 먹었어?

B: 우유에 시리얼 말아 먹었어.

14 Cake

Cake는 우리말로도 케이크야. *Bread*는 식사와 함께 먹는 빵이고, cake는 디저트로 먹는 단 음식이지.

어디서 왔을까?

Cake는 원래 달지 않은 음식이었대. 15세기부터 달콤해지기 시작했고, 18세기에 열대 지방 식민지에서 설탕을 들여오면서 유럽에서는 달콤한 음식이 더욱 유행하기 시작했어. 그때부터 여러 가지 단 음식과 디저트가 발달했는데, cake도 그 시대를 거쳐 지금처럼 달콤해졌대. Cake와 관련된 재미있는 단어도 많이 있어. *A piece of cake*라는 말은 정말 쉬운 일이라는 뜻인데, 우리말의 '누워서 떡 먹기'와도 같은 말이야.

A: What is that?

B: It's a birthday cake for Mom.

A: Wow, that looks delicious!

A: 이게 뭐야?

B: 엄마 생일 케이크야.

A: 우아, 맛있겠다!

15 Calculate

'셈하다', '계산하다'라는 의미야. 계산기는 *calculator*라고 하지.

어디서 왔을까?

2000년 전 로마에서는 상인들이 조약돌을 가지고 자기가 얼마나 벌고 얼마나 잃었는지를 계산했는데, 그 조약돌을 *Calculi*라고 불렀대. 그 조약돌이 오늘날의 계산기, 즉 *calculator*의 조상인 셈이지. 여기에서 '계산하다'라는 단어인 **calculate**와 수학의 미분인 *Calculus*가 탄생했어.

A: Son, can you bring me the calculator?

B: Here you are. Why do you need a calculator?

A: I'm calculating the cost for our trip next week.

B: Wow, are we going on a trip next week?
   Where?

A: To Busan, Son.

A: 아들, 계산기 좀 가져다줄래?

B: 여기요. 어디에 쓰시게요?

A: 다음주에 갈 가족 여행 비용을 계산하려고.

B: 우아, 다음주에 우리 여행 가요? 어디로요?

A: 부산으로 가지, 아들.

16 Capital

무슨 뜻일까?

Capital은 여러 가지 뜻으로 사용되는데, 그중 대표적인 뜻이 한 나라의 행정 중심이 되는 도시, 즉 수도란다. 그 외에 자금(돈)이란 뜻도 있어.

어디서 왔을까?

오래전에는 *head*(머리)란 뜻으로도 사용되었다고 해. 그래서 옛날에는 건축물 기둥의 맨 위에 놓인 조각을 capital이라고 불렀단다. 그 의미가 완전히 없어진 것은 아니야. 한 나라의 수도도 어찌 보면 그 나라의 머리라고 볼 수 있으니까. 그리고 선장, 주장이라는 뜻으로 쓰이는 *captain*도 여기서 유래했다고 해. *Captain*도 우두머리를 뜻하니까 *head*의 의미가 있는 것이지. 알파벳 대문자도 *capital letter*라고 하잖아.

A: What is the capital of the Republic of
   Korea?

B: It's Seoul, right?

A: Yes, the Han river is located in Seoul.

A: 대한민국의 수도가 어디지?

B: 서울 아냐?

A: 맞아. 한강도 서울에 있잖아.

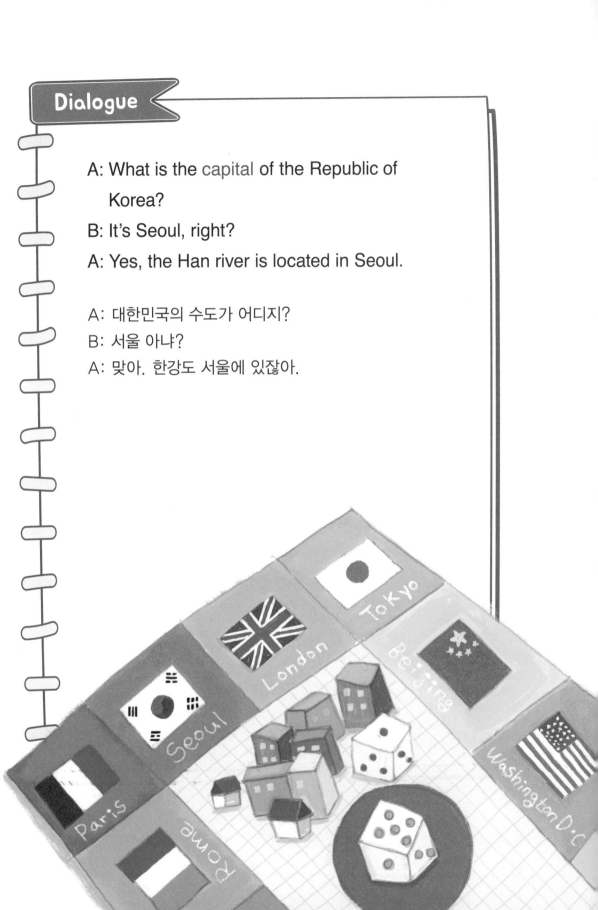

17) Catch

무슨 뜻일까?

Catch는 '잡다', '붙잡다'라는 뜻이야. '잡은 것', '붙잡음'과 같이 명사로도 쓰여.

어디서 왔을까?

14세기경에는 문을 잡기 위한 도구 또는 덫과 같은 물건의 뜻으로 쓰였다고 해. 심지어는 물고기를 잡는 배라는 말로도 쓰였대. 지금은 물건이나 사람 등을 잡는 행위를 catch라고 하지.

너희는 *catch ball*이라는 운동을 해 본 적 있니? 친구와 둘이서 야구공을 던지고 글로브로 받는 놀이인데, 특히 미국 사람들이 많이 하는 놀이란다. Catch는 다른 단어와 함께 쓰이면서 여러 의미로 활용되는데, 어떻게 쓰이는지 알아볼까? '감기에 걸리다'는 *catch a cold*, '숨을 돌리다'는 *catch one's breath*, '~의 눈에 띄다'는 *catch one's eye*야. 그럼 *catch you later*는 뭘까? '너를 나중에 잡을게'가 아니라 *see you later*, *good-bye*처럼 헤어질 때 쓰는 말이야.

Dialogue

A: Hello, Sue. You look tired.

B: I caught a cold and I feel cranky today.

A: Why don't you go home early and take a rest?

A: 안녕, 수. 너 피곤해 보인다.

B: 감기에 걸려서 오늘 좀 예민해.

A: 너 일찍 집에 가서 쉬는 건 어때?

※feel cranky: 짜증 나다, 예민해지다.

Ceiling

무슨 뜻일까?

방의 벽에 판을 붙이는 것을 뜻하다가 방 위를 덮는 것까지 의미가 확대되어 천장이라는 뜻이 되었어.

어디서 왔을까?

Ceiling이 천장이라는 것을 알았으니, 집의 다른 부분은 뭐라고 부르는지 옆의 그림에서 살펴보자.

A: You have a high celing in your house.
B: True. It looks grand.

A: 너희 집 천장 높다.
B: 맞아, 그래서 웅장해 보여.

roof
지붕

ceiling
천장

window
창문

wall
벽

door
문

floor
바닥

현관문
gate

fence
울타리

19 Charge

Charge는 여러 가지 뜻이 있어. '요금을 물리다', '충전하다', '짐을 싣다', '책임을 지다' 등 다양한 뜻으로 쓰여.

로마의 황제 줄리어스 시저가 타고 다니던 바퀴 네 개 달린 수레를 *carrus*라고 불렀대. 이후 *carrus*가 '수레에 짐을 싣다'라는 뜻을 가진 단어로 변했어. 이후 '마음에 짐을 지우다', '책임을 지우다'라는 뜻까지 포함하게 되었고, 결국 '돈을 지불하게 하다'라는 의미까지 갖게 되었지. 마차라는 뜻의 *carriage*, 화물이라는 뜻의 *cargo*, 슈퍼마켓에서 사용하는 *cart*, 심지어는 자동차란 뜻의 *car*에 이르기까지 로마 시대의 *carrus*는 다양한 단어의 뿌리가 되었어.

A: People are using our boat all the time.

B: We should charge money for using the boat.

A: That's a good idea.

A: 사람들이 계속 우리 배를 쓰고 있네.

B: 배에 사용료를 붙이는 게 좋겠다.

A: 좋은 생각이야.

20 Charm

무슨 뜻일까?

매력이라는 뜻이야. *Charming*이라고 하면 예쁘고 매력 있다는 뜻이지.

어디서 왔을까?

*Charming*은 원래 별로 좋은 의미가 아니었어. 옛날에는 charm이 마녀들의 노래를 의미해서 charm을 이용해 다른 사람을 현혹하거나 파멸시킬 수 있다고 믿었대. 오디세이에 나오는 세이렌(얼굴은 아름다운 여자, 몸은 새의 모습을 한 상상 속의 생명체)이나 로렐라이처럼 노래로 선원들을 현혹시켜 죽게 만드는 나쁜 마법이라고 생각한 거야. 그러나 이런 부정적인 뜻은 이제 남아 있지 않아. 오히려 칭찬으로 쓰이지. *Snow White*(백설공주)에 나오는 왕자의 이름이 *Prince Charming*이라는 것, 혹시 알고 있니? *Charming*은 주로 여자에게 많이 쓰기는 하지만 남자들에게도 가끔 사용한단다. 아 참! 그리고 행운의 물건처럼 갖고 다니는 액세서리도 charm이라고 불러. Charm이 나쁜 마법을 물리치는 물건이란 의미를 갖게 된 것도 이 단어가 갖고 있는 재미있는 이야기라고 할 수 있어.

A: Look at the baby. He's so cute.

B: Yes, he is. He has charming eyes.

A: He has his mother's eyes.

A: 저 아기 좀 봐. 너무 귀여워.

B: 그러네. 눈이 예쁘다.

A: 엄마 눈을 닮았어.

※has one's mother's eyes: 엄마 눈을 닮다

21 Cheese

우유로 만든 대표적인 발효 음식인 cheese는 우리말로도 치즈야.

Cheese는 기원전 8세기경 양을 가축으로 치면서 처음 만들어진 것으로 알려졌어. 그때는 동물 가죽이나 내장을 말려서 음식을 보관하거나 운반하는 통으로 사용했어. 그러던 어느 날, 양치기나 여행자가 동물 가죽으로 만든 통에 우유를 보관해 놓았는데, 그 우유가 발효되어 치즈가 된 것으로 전해져. 아마 처음에는 썩었다고 생각해서 버리려 했으나, 아까워서 먹어 봤더니 의외로 맛이 좋아서 새로운 음식으로 자리 잡게 되었겠지. 이러한 유래 때문에 옛 영어에서 cheese는 '발효되어 뭉글뭉글해지다'라는 의미가 있었단다. 영어권 사람들은 사진을 찍을 때 웃는 표정을 짓기 위해 cheese라고 말해(*Say cheese!*). 우리가 '김치'라고 하는 것처럼 말이야.

A: Let's take a picture with my dog.
Isn't she pretty? (To the dog) Say cheese!

B: Sue, she is a Korean dog. You should say
Kimchi!

A: 우리 개랑 사진 찍자.
너무 귀엽지? (개에게) 웃어 봐, 치즈!

B: 수, 걔는 한국 개야. 김치라고 해야지!

22 City

City는 원래 마을에 살던 주민들을 부르던 말이었는데, 후세에 오면서 도시라는 뜻이 되었어.

어디서 왔을까?

영어에는 city 외에도 사람들이 모여 사는 곳을 지칭하는 여러 단어가 있어. *Town*은 꼭 도시가 아니라도 사람들이 많이 모여 사는 곳이나 도시 중심지를 뜻하는 단어야. 도시 중심지는 특히 *downtown*이라고 부르지. 반대로 *uptown*이라는 말도 있는데, 도시 안에서도 부유한 동네를 일컫는 말이야. 시골은 *countryside*, 교외는 *suburb*라고 한단다.

A: Which city are you from?

B: I'm from New York City.

A: Wow, that's a big city. It must be very busy there.

B: Yeah, but I don't live in downtown. I live in the suburb of New York.

A: 너 어느 도시에서 왔어?

B: 뉴욕에서 왔어.

A: 우아, 큰 도시에서 왔네. 많이 붐비는 곳이겠다.

B: 맞아, 하지만 시내에 살지는 않아. 뉴욕 교외에 살거든.

23 Clue

실마리, 단서, 힌트라는 뜻이야. *'have a clue'*라고 하면 '단서를 잡다'라는 뜻이고 *'have no clue'*라고 하면 '전혀 모르겠다'라는 뜻이야. Clue에 '~이 없는'이라는 뜻을 가진 *-less*를 붙여서 *clueless*라는 단어를 만들 수 있는데, '단서가 없는'이라는 뜻이란다. 다르게 표현하면 *"I have no idea"*라고도 말할 수 있어.

Clue에는 아주 재미있는 이야기가 있어. 크레테의 왕인 미노스는 미로에 미노타우로스라는 반은 인간, 반은 소의 모습을 한 괴물을 가둬놓고 사람들을 제물로 바쳤어. 그 미로에 들어간 어느 누구도 살아나올 수가 없었지. 그러던 어느 날, 영웅 테세우스가 미노타우로스를 제거하기로 결심하고 크레테로 향했어. 크레테의 공주는 그가 미로에서 빠져나오지 못할까 봐 공처럼 생긴 실타래를 건네며 그것을 풀면서 들어가라고 일렀어. 미노타우로스를 죽이고 난 뒤, 테세우스는 공주가 준 실타래 덕분에 무사히 미로에서 나올 수 있었단다. 그 실타래가 *clew*였는데, 여기에서 clue라는 말이 탄생했대.

56

A: Do you know what happened yesterday in the class?

B: I have no clue. But our teacher was really upset.

A: 어제 수업 시간에 무슨 일이 있었는지 알아?

B: 모르겠어. 그런데 선생님이 무척 화나셨던데.

입구

24 Coffee

무슨 뜻일까?

어른들이 좋아하는 음료인 coffee는 우리말로도 커피라고 불러.

어디서 왔을까?

Coffee가 처음 발견된 곳은 850년쯤 전의 아랍 지방으로 알려져 있어. 염소를 치던 목동이 어느 날 염소가 이상한 행동을 하는 것을 보게 되었지. 자세히 가서 염소들을 살펴보니, 염소들이 어떤 열매를 먹고서는 평소와 다른 행동을 하는 거야. 그래서 목동도 호기심에 그 열매를 맛보았는데, 아주 기분이 좋아졌단다. 그래서 다른 목동들에게도 이 열매에 대해 알려 주었고, 이후 아랍에서 이 열매를 볶아 음료수를 만드는 기술이 발전하게 되었어. 중세 유럽에서는 coffee의 각성 효과 때문에 종교적 의식에 사용하기도 했대.

A: Have you tried coffee before?

B: No, but I know my mom drinks a lot.

A: You know there is very sweet coffee and it tastes good.

B: Oh! That's mix coffee invented in Korea.

A: 커피 마셔 본 적 있어?

B: 아니, 그치만 우리 엄마는 많이 마셔.

A: 아주 달콤한 커피가 있는데 맛도 좋더라.

B: 오! 한국에서 만든 믹스 커피구나.

25 Date

'날짜'라는 뜻으로, 로마 시대부터 내려온 아주 오래된 영어 단어야. 날짜라는 뜻 외에도 '특정한 시기'를 의미하기도 한단다.

로마 시대부터 쓰인 date(그후로 철자는 여러 번 바뀌었어)는 '어떤 문서가 작성된 특정한 시간'을 의미했어. 아마도 편지나 문서를 작성 하면서 날짜를 쓰기 시작했던 것 같아. 그러다가 14세기에 접어들면 서 어떤 사건이 일어난 시간을 의미하다가, 오늘날에는 날짜라는 뜻으 로 굳어졌어. 영어권 나라에서는 날짜를 표기하는 방법이 우리나라와 전혀 달라. 미국의 독립기념일인 7월 4일을 예로 들어 볼까? 우리나라 에서는 '1774년 7월 4일'처럼 연도, 월, 일 순서로 표기를 하지. 영어 에서는 *July*, 04, 1774와 같이 월, 일, 연도 순으로 표기를 하기도 하 고, '04, 07, 1774'처럼 일, 월, 연도 순으로 표기하기도 해.

A: When is your birthday?

B: I don't know.

A: What do you mean you don't know? Don't you know your birthday?

B: The date changes every year, because we celebrate lunar birthday.

A: 너 생일이 언제야?

B: 몰라.

A: 무슨 소리야? 네 생일을 모르다니?

B: 매년 날짜가 바뀌어. 왜냐하면 우리는 음력으로 생일을 축하하거든.

26 Down

Down은 '아래쪽으로'라는 뜻을 가진 단어로, 다양한 상황에서 사용돼.

Down은 *down the hill*(언덕 아래로)에서처럼 '아래쪽 방향으로'라는 의미로 처음 쓰이기 시작했고, 지금도 그 의미로 가장 많이 쓰이고 있어. 그러다가 점점 다른 뜻도 생기게 됐지. 요즘은 우리말로도 기분이 좋을 때 '업(*up*)되다'라고 하고, 분위기가 가라앉을 때 '다운(down)되다'라고 표현하는 사람들이 많아. 이처럼 영어에서도 감정을 나타낼 때 down을 쓰기도 해. 또 '컴퓨터가 다운(down)되다'라는 표현도 자주 쓰지. 다음에 나오는 문장을 읽어 보면서 down의 다양한 의미를 해석해 볼까?

‣ The ball is rolling down the hill.
공이 언덕 아래로 굴러간다.

‣ I pulled down the blind.
나는 블라인드를 내렸다.

‣ Don't look down.
내려다보지 마.

‣ He felt down.
그는 기분이 가라앉았다.

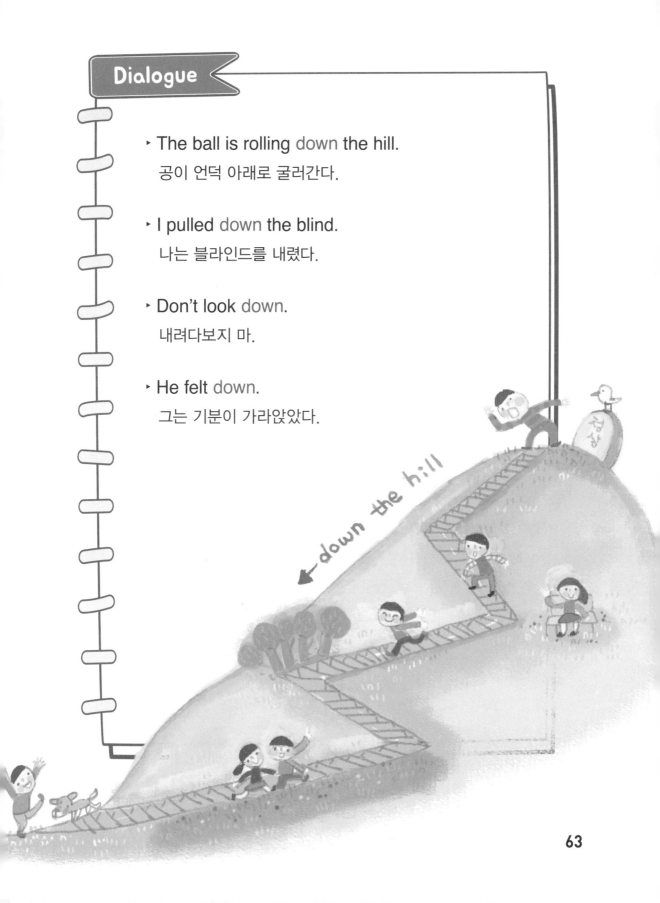

down the hill

27 Dream

무슨 뜻일까?

꿈, 또는 '꿈을 꾸다'라는 의미를 가지고 있어. 자면서 꾸는 꿈뿐만 아니라 '네 꿈을 펼쳐라'와 같이 하고 싶은 일이나 희망을 의미하기도 하지.

어디서 왔을까?

Dream은 원래 기쁨, 음악, 떠들썩한 유쾌함 등과 같은 뜻과 더불어 '자면서 보는 환상'이란 의미를 갖고 있었어. 아마도 꿈에서 다양한 경험과 감정을 느끼기 때문이 아닐까? 꿈에는 *bad dream*(악몽)도 있을 수 있는데, 옛날 사람들은 꿈에서 느끼는 좋은 기분만 dream이라는 단어에 담았나 봐.

A: What is your dream?

B: My dream is to become a world-famous dancer.

A: 넌 꿈이 뭐야?

B: 내 꿈은 세계적으로 유명한 댄서가 되는 거야.

※world-famous: 세계적으로 유명한

65

28 Dress

무슨 뜻일까?

Dress는 동사로는 '옷을 입다', '옷을 입히다'라는 뜻이 있고, 명사로는 여자들이 입는 원피스나 드레스를 뜻해.

어디서 왔을까?

Dress는 오늘날처럼 여자들이 입는 원피스만 의미하지 않았대. 옛날에는 어떤 옷이든 dress라고 불렀지. 그러다 후대에서 그 의미가 변하게 된 거야. 우리말에서 dress는 공주님이나 신부가 입는 화려하고 긴 드레스를 의미하는데, 영어에서는 위아래가 붙어 있는 원피스라면 길이와 상관없이 dress라고 부른단다. 동사로는 '옷을 입다'라는 뜻이 있는데, 옷을 잘 차려입으면 *dress up*, 옷을 편하고 캐주얼하게 입는 것은 *dress down*이라고 해.

A: Is that your new dress?

B: Yes, it's my birthday present from my mother.

A: What a lovely dress!

B: Thank you.

A: 이거 새 원피스야?

B: 응, 엄마가 생일 선물로 주신 거야.

A: 너무 예쁜 원피스다!

B: 고마워.

29 Dry

'마른', '물기가 없는' 또는 '무미건조한'이라는 뜻이란다. 동사로 쓰일 때는 '~를 말리다'라는 표현으로 쓰이지.

어디서 왔을까?

옛날이나 지금이나 dry에는 여러 의미가 있어. '물기가 없는'이라는 뜻 외에도 유머 감각이 없는 사람을 가리켜 dry하다고 표현했단다. Dry와 관련된 말 중에 *cut and dried*라는 재미있는 말이 있어. 이 말은 미국의 서부 개척 시대부터 사용되었대. 개척 시대에는 먹을 것도 마땅치 않고, 먼 길을 가야 하는 경우도 자주 있어서 고기를 잘라 말려 긴 여행에 대비했어. *Cut and dried*는 고기가 잘 말려진 상태를 의미하기 때문에 계획대로 일이 잘 되었다는 표현으로도 쓰였어. 그러다가 '바꿀 수 없는', '확고한'이라는 뜻이 된 거야.

A: This towel is wet.

B: I'll get you a dry towel. Here you are.

A: Thank you.

B: You're very welcome.

A: 이 수건 젖었어.

B: 마른 수건을 줄게. 여기 있어.

A: 고마워.

B: 천만에.

30 Elbow

팔꿈치를 뜻해.

어디서 왔을까?

이 단어는 옛날 영어 단어인 *ell*에서 왔어. *Ell*이란 단어는 재단사들이 옷감의 길이를 측정하는 단위였다고 해. 당시에는 정확한 측정 도구가 없어서 재단사들은 자신의 손끝에서 팔꿈치까지의 길이를 자로 삼아 옷감을 재단했어. 그래서 옷감 재단의 측정 단위인 *ell*이 팔꿈치를 뜻하는 elbow로 발전한 것이란다.

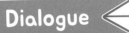

A: What's the matter?

B: I hurt my elbow.

A: Doing what?

B: Doing the dishes.

A: 무슨 일이야?

B: 팔꿈치를 다쳤어.

A: 뭐 하다가?

B: 설거지하다가.

※hurt: 다치다

※do the dishes: 설거지하다

31 Erase

Erase는 동사로 '지우다'라는 뜻이야. '~하는 것'이란 뜻의 어미 -er이 붙으면 *eraser*(지우개)가 되지.

Erase가 왜 '지우다'라는 뜻을 갖게 됐는지 궁금하지 않니? Erase는 영어의 조상이라고 할 수 있는 라틴어에서 왔어. 라틴어에 *erarus*란 단어가 있는데 '긁어서 없애 버리다'란 뜻이란다. 옛날 로마 시대에는 종이가 없어서 나무나 철 위에 끈적끈적한 밀랍을 올려 굳힌 후에 그 위에 글을 썼어. 그런데 실수로 글자를 잘못 쓰면 어떻게 했을까? 지우개도 없던 시절이잖아. 로마인들은 지우개 대신, 굳어 있던 밀랍 위의 글을 뾰족한 꼬챙이로 긁어냈단다. 즉, *erarus*한 것이지. 그 *erarus*에서 오늘날의 erase가 탄생한 거야. 신기하지?

A: Oops! There is a typo.

B: Then erase it.

A: Can I borrow your eraser?

B: No problem.

A: 에쿠! 오타가 있네.

B: 그럼 지워.

A: 지우개 좀 빌려줄래?

B: 알았어.

※typo: 오타

※eraser: 지우개

32 Etiquette

예의, 예절을 뜻하는 단어야.

우리가 "에티켓 좀 지켜."라고 할 때 쓰는 etiquette은 프랑스어 단어 *estiquette*에서 왔어. 이 단어는 '~에 붙이다', '부착하다'라는 뜻이었단다. 경기의 규칙을 써서 벽에 붙이는 데서 시작된 단어인데, 나중에는 프랑스 귀족들의 정원이나 궁전에서 이 단어가 본격적으로 사용되었어. 왜냐고? 조금 우스운 이야기인데, 옛날 프랑스에는 화장실이 없었대. 그래서 정원 풀밭이나 왕궁의 숲에 들어가 볼일을 보는 사람들이 많았지. 그 때문에 '용변 금지'라는 안내문을 정원과 숲에 붙이기 시작하면서 '붙이다'라는 단어가 '예의를 지키다'와 일맥상통하게 되었단다. 아무 데서나 용변을 보지 않는 것이 곧 예절을 지키는 일이니까.

A: You have to learn public etiquette.

B: What did I do wrong?

A: You just spat on the street.

B: I won't do that again.

A: 너 공공 예절 좀 배워야겠다.

B: 내가 뭘 잘못했는데?

A: 방금 길거리에 침 뱉었잖아.

B: 다시는 안 그럴게.

※spat: spit(침을 뱉다)의 과거

※won't(=will not): ~하지 않을 것이다

33 Eureka!

무슨 뜻일까?

유레카는 무언가 알아낸 후 외치는 말이야.

어디서 왔을까?

"유레카!"는 고대 그리스에서 시작됐어. 그리스어로 유레카는 '알아냈다'란 뜻이야. 기원전 200년경 그리스에 살던 유명한 과학자 아르키메데스가 왕에게 불려 갔어. 왕은 아르키메데스에게 한 왕관을 주면서 그 왕관이 순금으로 만들어졌는지, 혹은 은이 섞여 있는지 알아 오라고 했지. 아르키메데스는 몇 날 며칠을 왕의 명령 때문에 고민했어. 그러다가 골치 아픈 문제는 잠깐 접어 두고 목욕을 하기로 했지. 그런데 따뜻한 물이 가득한 욕조에 몸을 담그자, 자기 몸무게만큼의 물이 넘치는 게 아니겠어? 그는 무릎을 탁 쳤어. 왕관을 물속에 넣으면 그 부피만큼 물이 넘칠 테고, 순금와 은의 밀도가 다르니 넘친 물의 양으로 왕관의 비밀을 풀 수 있을 테니까 말이야. 아르키메데스는 그 순간 "Eureka!(알아냈다!)"를 외쳤다고 해. 지금도 영미권에서 자주 쓰는 표현이란다.

Dialogue

A: Ten plus twelve is……. It's a difficult question.

B: Maybe the answer is…… twenty-two?

A: Eureka! How did you find it out?

B: I used a calculator.

A: 10 더하기 12는……. 어려운 문제군.

B: 아마 답은…… 22가 아닐까?

A: 맞다! 어떻게 답을 알아냈어?

B: 계산기를 썼지.

※find out: 알아내다

※calculator: 계산기

34 Fame

우리가 명성이라는 뜻으로 알고 있는 단어가 바로 fame이야.

라틴어 *fama*에서 왔어. *Fama*는 '말하다'라는 뜻이란다. 사실 명성이란 내가 만들어 내는 것이 아니라 여러 사람들이 나에 대해 '말하는' 과정에서 생겨나지. '썬 킴은 천재야', ' 썬 킴은 잘생겼어', '썬 킴은 너무 착해' 이렇게 말하는 과정을 통해 관심과 명성, 즉 fame이 커지는 것이지. 그렇게 보면 라틴어로 '말하다'인 *fama*에서 fame이 나온 것이 이해가 되지? '명성이 있는', '유명한'이란 형용사는 fame을 *famous*로 바꿔 주면 돼.

A: Sun Kim is so famous.

B: I know. Everyone talks about him.

A: I want to meet him in person.

B: Me, too.

A: 썬 킴은 정말 유명해.

B: 맞아. 모두들 썬 킴 얘기만 해.

A: 그를 직접 만나 보고 싶어.

B: 나도.

※in person: 직접

35 Fantasy

무슨 뜻일까?

오늘날 fantasy는 주로 현실에 존재하지 않는 공상이나 환상을 뜻해.

어디서 왔을까?

해리포터를 좋아하는 친구 있니? 그런 영화나 소설을 판타지 영화, 판타지 소설이라고 부르잖아. 그럼 이 fantasy란 말은 어디에서 왔을까? 바로 고대 그리스어인 *phantasia*에서 왔어. 옛날에 그리스 사람들이 모여 철학 얘기를 하다가, 그만 지치고 말았어. 눈에 보이지 않는 철학에 대해 종일 논하다 보니 머리가 아파진 거야. 예를 들어, 행복에 대해 아무리 떠들어도 행복이란 감정은 눈에 보이지 않으니 답답했던 것이지. 그래서 눈에 보이지 않는 것을 '보이게' 만들기 위해 노력하기 시작했어. 배가 고픈 사람에게 먹을 것을 주고 만족해하는 모습을 예로 들어 '그게 바로 행복이다' 하고 설명하는 식이었지. 이런 과정을 *phantasia*라고 했어. '현실에 존재하지 않을 정도로 대단한' 것은 *fantastic*이라고 쓰면 돼.

Dialogue

A: I know BTS personally.

B: That's fantastic!

A: I even have their autographs.

B: Are you joking?

A: 나 BTS 개인적으로 알아.

B: 대단하다!

A: 싸인도 있어.

B: 농담 아니야?

※personally: 개인적으로

※autograph: 싸인

※joke: 농담하다

81

36 Focus

Focus는 초점 또는 '집중하다'의 뜻을 가진 단어야.

Focus는 원래 라틴어란다. 라틴어로 '불타는 곳'이란 뜻인데, 이것을 나중에 빛을 연구하는 광학자들이 '빛이 한군데로 모이는 지점', '눈에 잘 띄는 부분'이란 뜻으로 썼어. 어두운 곳에서 불빛이 피어오르면 거기에 저절로 눈이 가고, 다른 부분보다 더 잘 보이겠지. 그래서 '집중하다'의 뜻을 가지게 되었어.

A: Hey, what are you doing? Focus!

B: I'm sorry. I'm so tired. I can't focus.

A: Why are you so tired?

B: I couldn't sleep last night.

A: 여기 봐, 뭐 하는 거야? 집중해!

B: 미안해. 너무 피곤해. 집중이 안 돼.

A: 왜 피곤한데?

B: 어젯밤에 잠을 못 잤어.

37 Fool

바보, 멍청이를 뜻해.

욕 아니냐고? 하지만 영어에서는 그리 나쁜 말은 아니야. 누군가를 귀엽게 놀릴 때 자주 쓰는 표현이지. Fool이라는 단어는 어디에서 왔을까? 바로 라틴어인 *folis*에서 왔단다. *Folis*는 '말이 많은 사람'이라는 뜻인데, 더 정확히는 '쓸데없는 말만 많이 하는 사람'이란 뜻이야. 쓸데없는 말을 많이 하다 보면 어이없는 말실수를 할 때도 있지? 그래서 라틴어를 썼던 고대 로마 사람들은 말 많은 사람을 멍청한 사람으로 여겼단다.

A: Jenny asked me out. But I said no.

B: You are such a fool.

A: I know……. Why did I say no?

B: Go and tell her you are sorry.

A: 제니가 데이트 신청했는데 내가 거절했어.

B: 너 정말 멍청하다.

A: 알아……. 내가 왜 거절했을까?

B: 제니한테 가서 미안하다고 해.

※ask out: 데이트 신청을 하다

38 Free

'자유로운'을 뜻하는 형용사야.

고대 독일어인 *frei*에서 왔어. *Frei*는 '사랑스러운'이란 말인데, '사랑스러운'과 '자유로운'은 도대체 무슨 관계가 있을까? 고대 유럽에는 신분 제도가 있어서 사람들을 노예와 자유인으로 나누었어. 자유가 없는 노예에 비해 자유인의 삶은 당연히 활기와 사랑이 넘쳤겠지? 자유인인 주인이 자신의 노예를 아끼고 사랑했다면, 그 노예를 해방시켜 자유를 선물하기도 했어. 그래서 '사랑스러운'을 뜻하는 *frei*가 '자유로운'이란 뜻의 free가 된 것이란다.

A: Are you free tonight?

B: Yes, I am.

A: Let's go to see a movie.

B: If you buy a ticket for me.

A: You are a cheapskate.

A: 오늘 저녁에 시간 있니?

B: 응.

A: 같이 영화 보러 가자.

B: 티켓 값을 네가 낸다면.

A: 이 짠돌이.

※cheapskate: 구두쇠, 짠돌이

39 Galaxy

은하계, 은하수를 뜻해.

밤하늘을 화려하게 수놓는 은하수를 뜻하는 galaxy는 우유와 관계가 있어. 은하수를 영어로 *Milky Way*라고 해. 검은 밤하늘에 우유를 쏟아 놓은 것처럼 하얀 띠를 이루고 있으니까. 은하수를 우유라고 여긴 것은 고대 그리스인들도 마찬가지였어. 그리스어로 우유를 *gala*라고 하는데, 이 *gala*라는 단어에서 galaxy가 탄생했단다. 요즘은 도시의 불빛 때문에 은하수를 구경하기 힘들지만, 은하수는 오늘밤에도 여전히 우리 머리 위에서 찬란히 빛나고 있어. 오늘날 galaxy는 연예계 스타들을 통틀어 일컫는 말로도 쓰여.

A: I know a galaxy of movie stars.

B: Like who?

A: Brad Pitt, Jude Law and so on.

B: Really?

A: The problem is I know them, but they don't know me.

A: 나 대단한 영화배우들을 많이 알아.

B: 누구?

A: 브래드 피트, 주드 로 등등.

B: 정말로?

A: 문제는 난 그들을 아는데 그들은 날 모른다는 거지.

※and so on: 기타 등등

40 Game

무슨 뜻일까?

스포츠 경기나 컴퓨터 게임처럼 시합이나 놀이를 말해.

어디서 왔을까?

Game은 옛날에도 오늘날과 비슷한 의미로 사용되었어. 놀이, 경기, 즐거움, 모임, 참여 등의 뜻을 갖고 있었단다. 세상에서 가장 유명하고 유서 깊은 game은 무엇일까? 그렇지, 바로 *Olympics*(올림픽)이란다. 올림픽에서도 가장 널리 알려진 종목은 마라톤이야. 마라톤은 고대 아테네와 페르시아가 벌인 마라톤 전쟁에서 유래했어. 전투의 승전보를 전하기 위해 아네테까지 약 40km를 쉬지 않고 뛰어 소식을 전한 병사가 있었는데, 그는 승리의 소식을 전하고 생을 마감했지. 그를 기리기 위해서 마라톤이 탄생했어. 마라톤을 뛰는 거리가 42.195km가 된 유래이기도 해.

A: My mother never likes me playing computer games.

B: Why?

A: She thinks it's a waste of time.

B: My mom doesn't like it either.

A: 우리 엄마는 내가 컴퓨터 게임 하는 거 싫어하셔.

B: 왜?

A: 시간 낭비라고 생각하시거든.

B: 우리 엄마도 안 좋아하시더라.

41 Ghost

무슨 뜻일까?

귀신, 영혼이란 뜻이야.

어디서 왔을까?

귀신을 무서워하지 않는 사람이 있을까? 이 단어는 고대 영어인 *gast*
에서 왔는데, *gast*란 단어는 삶의 중심, 인생의 중심이란 뜻이었대. 우
리는 몸만 있다고 해서 살 수 있는 게 아니야. 몸을 움직이는 '중심'이
있어야 하지. 고대 영어권 사람들은 그 중심을 영혼이라고 믿었단다.
그래서 삶의 중심이라는 단어가 영혼이란 뜻의 ghost가 된 거야.

A: Do you believe in ghosts?

B: I don't think so. How about you?

A: I don't know. I haven't seen one yet.

B: Let's not talk about ghosts.

A: 너 귀신을 믿니?

B: 안 믿어. 너는?

A: 잘 모르겠어. 한 번도 본 적이 없거든.

B: 우리 귀신 얘기는 그만하자.

42 Grammar

무슨 뜻일까?

문법이라는 뜻이야.

어디서 왔을까?

누군가 영어를 공부하는 데 있어 문법은 중요하지 않다고 한다면, 절대 믿지 마! 문법은 정말 중요해. 우리가 전하고자 하는 말의 뼈대와도 같으니까. 문법을 모르면 아무리 영어를 열심히 공부해도 모래 위의 성같이 단단한 실력이 없는 것이란다. 문법이란 뜻의 grammar는 라틴어 *grammatica*에서 왔어. *Grammatica*의 뜻은 '문자'야. 중세 유럽에서는 라틴어가 가장 고급스러운 언어이자 귀족들의 언어로 대접받았어. 그래서 라틴어 문자는 모든 지식과 사회의 근본, 즉 모든 문명의 '기준과 뼈대'를 뜻했어. 그래서 영어의 grammar도 '말의 뼈대'인 문법이란 뜻이 된 거야.

A: I is a boy.

B: I is a boy? Your grammar is so bad. You should say 'I am a boy.'

A: Hey, people make mistakes!

B: But you make too many mistakes!

A: I is a boy.

B: I is a boy? 네 문법 정말 엉망이다. 'I am a boy' 라고 해야지.

A: 야, 사람이 실수할 수도 있지!

B: 그런데 넌 실수를 너무 많이 해!

※mistake: 실수

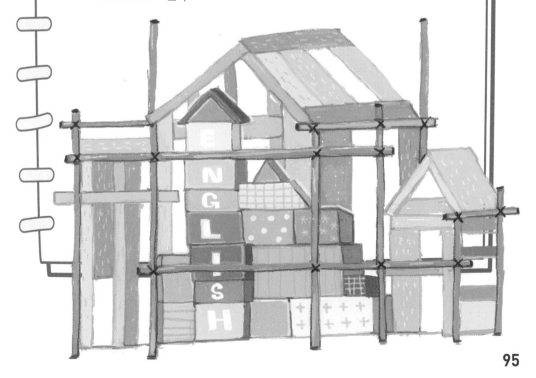

43 Ground

무슨 뜻일까?

지면이나 땅을 말해. 동사로는 '착륙하다' 혹은 '~에 근거하다'라는 뜻
이 있어.

어디서 왔을까?

오래전에 쓰인 *grund* 라는 말에서 시작되었는데, 이 단어는 근원, 땅
속 끝이라는 뜻과 함께 지옥이라는 뜻으로도 쓰였대. 동사로 쓰일 때
는 중세에도 '~에 근거를 두다'로 쓰였다고 해.

A: Do you know any game we can play on the ground?

B: There are so many.

A: Please give me the names of the games.

B: Well, let's see. Soccer, volleyball, and basketball.

A: 운동장에서 할 수 있는 놀이가 있을까?

B: 아주 많지.

A: 무슨 경기인지 알려 줘.

B: 음, 보자. 축구, 배구, 야구.

Hamburger

Hamburger는 빵 사이에 고기와 야채 등을 끼워 먹는 음식이야. 우리 말로도 햄버거라고 부르지.

어디서 왔을까?

너희도 햄버거 좋아하니? 햄버거엔 햄이 안 들어가는데 왜 hamburger 가 되었을까? 그 유래는 독일에서 찾을 수 있어. 독일의 함부르크 (*Hamburg*) 지역에서는 스테이크를 빵에 쌓아 먹는 풍습이 있었어. 함부르크 출신 독일인들이 1800년대에 미국으로 이민을 가면서 그런 풍습을 가져간 것이지. 당시 영국이나 다른 국가에서 온 미국인들이 이 신기한 독일 빵을 보고 *Hamburg Steak*라고 부르다가 나중에 hamburger란 단어를 만든 것이래.

A: How about a hamburger for lunch?

B: Sounds good.

A: I'll have coke. How about you?

B: I'll have iced tea.

A: 점심으로 햄버거 어때?

B: 좋지.

A: 난 콜라 마실 거야. 너는?

B: 나는 아이스티 마실래.

※ coke: 콜라

45 Handle

손잡이라는 뜻이야. 동사로는 '다루다'라는 의미가 있어.

어디서 왔을까?

손을 뜻하는 *hand*에서 나온 단어야. 중세 영어인 *handlen*은 '손으로 만지는 것', '손 안에 들어 있는 것'이라는 의미와 함께, 동사로는 '손으로 다룬다'라는 뜻으로 쓰였어. 그러다가 오늘날의 handle이 되었단다.

A: What happened to your hand? Why do you
have a bandage around your hand?

B: I was going to open my bedroom door, and
as I opened the door, the handle broke and
cut my hand.

A: You must have been shocked.

B: Yes, I was shocked as it started to bleed
but it is alright now.

A: 손이 어떻게 된 거야? 왜 손에 붕대를 감고 있어?

B: 내 방 문을 열려고 했는데, 문을 여는 순간 손잡이가
부서져서 손을 베였어.

A: 진짜 놀랐겠다.

B: 응, 피가 나서 놀랐는데 이젠 괜찮아.

46 Humor

남을 웃기는 말이나 행동을 뜻해. 우리가 '유머'라고 알고 있는 이 단어의 원래 발음은 '휴머'야.

유머 감각이 있다고 할 때도 이 단어가 쓰여. 너희는 유머 감각이 좋은 편이니? Humor란 단어는 라틴어에서 왔어. 고대 라틴 철학자들은 사람이 혈액, 가래, 담즙 그리고 검은 담즙의 네 가지 액체로 이뤄져 있다고 믿었대. 사실 검은 담즙은 존재하지 않지만. 그리고 고대 라틴어로 액체를 humor라고 불렀다고 해. 다시 말해서, 사람은 *four humors*로 만들어졌다고 믿은 거지. 그 철학자들은 이 네 가지 humor들이 균형을 이뤄야 정상적으로 살 수 있다고 여겼어. 근엄하고 무뚝뚝했던 고대 철학자들은 웃기고, 목소리 크고, 과장되게 행동하는 사람을 '이상한 humor가 있는 사람'이라고 불렀고, 세월이 흘러 'humor가 있는 사람'이라고 표현했어. 요즘 개그맨들이 고대 라틴 세계에 살았다면 모두 이상한 사람 취급을 받았을 거야.

102

A: I'm having dinner with TWICE.

B: Haha! You have a sense of humor!

A: No, it's true.

B: I don't believe you.

A: 나 트와이스랑 저녁 먹는다.

B: 하하! 너 유머 감각 있다!

A: 아니야, 진짜야.

B: 믿을 수 없어.

※a sense of humor: 유머 감각

47 Idea

무슨 뜻일까?

생각, 아이디어라는 뜻이야. 원래는 '~의 원형'을 의미하다가 나중에 바뀐 것이란다.

어디서 왔을까?

Idea는 유명한 철학자 플라톤이 주장했던 이데아 철학에서 나온 말이야. 플라톤에 의하면, 이데아는 어떤 것의 완벽한 형태야. 플라톤은 이데아는 신의 세상이고, 우리가 살고 있는 이 세상은 그 이데아의 그림자와 같다고 했어. 신화에 따르면, 인간은 원래 이데아의 세상에 살고 있었는데, 망각의 강인 레테를 건너 이 세상으로 오면서 이데아에 대한 기억을 잃어버렸다고 해. 그래서 인간들은 항상 이데아를 그리워하며 탐구하는 것일지도 몰라. 오늘날 우리가 쓰는 idea란 단어는 플라톤의 이데아 사상과는 별로 관계가 없어. 오히려 번뜩이는 생각, 아이디어로 주로 쓰이지.

A: What's wrong? You look worried.

B: My science homework is due next week, but I have no idea what to do.

A: Why don't you try to find some ideas from a science magazine?

B: That's a good idea! Thanks.

A: 무슨 일이야? 걱정이 있는 얼굴인데.

B: 다음주까지 끝내야 할 과학 숙제가 있는데, 어떻게 해야 할지 모르겠어.

A: 과학 잡지에서 아이디어를 찾아보는 게 어때?

B: 그거 좋은 생각이다! 고마워.

48 Island

무슨 뜻일까?

섬이란 뜻이야. 유래가 된 단어는 *igland*야.

어디서 왔을까?

Island는 오랜 세월과 변화를 거쳐 오늘날의 철자가 되었어. *Igland*라고 쓰이기도 했는데, 이 단어는 물위에 있는 것(*things on the water*)이라는 의미였대. 그리고 *ig* 뒤에 *land*가 붙었으니, 물위에 있는 육지, 즉 섬이라는 뜻이 된 거지. 영어 속담에 "*No man is an island.*"라는 말이 있는데 이 말은 '세상에 독불장군 없다'란 뜻이란다. 즉, 인간은 혼자서 살 수 없고, 함께 더불어 살아야 한다는 의미야.

Dialogue

A: Do you have any plan for the summer vacation?

B: Yes, I'm going to travel to Jeju Island with my family.

A: Oh, I have been there before. I love that island.

B: What did you like most about the island?

A: I liked the beautiful sea and the food.

A: 여름 방학에 무슨 계획 있어?

B: 응, 가족들과 제주도에 여행 갈 거야.

A: 오, 거기 가 본 적 있어. 그 섬 정말 좋아.

B: 뭐가 제일 좋았는데?

A: 아름다운 바다와 음식이 좋았어.

49 January

무슨 뜻일까?

1월이란 뜻이야. 얼굴이 앞뒤로 두 개인 신, *Janus*(야누스)에서 따온 이름이지. January를 *Janus* 신의 이름에서 따온 이유는 한 해의 첫 달이 지난해와 새해를 잇는 두 얼굴을 갖고 있기 때문이야.

어디서 왔을까?

우리가 현재 쓰고 있는 달력의 시초가 된 로마식 달력은 로마 제국의 시조인 로물루스가 만들었다고 전해져. 로물루스는 늑대에게 길러져서 나중에 로마를 세웠다는 전설의 주인공이야. 로물루스가 만들었다는 최초의 로마식 달력은 일 년을 304일로 보고, 그것을 열 달로 나누었어. January는 처음엔 달력에 포함되지 않았다가 로마의 두 번째 황제인 폼필리우스 때에야 1월이 되었다고 해.

108

A: I love January!

B: Why is that?

A: Because my birthday is in January.

B: So, you can get lots of birthday presents?

A: You're right.

A: 난 1월이 좋아!

B: 왜?

A: 내 생일이 1월이거든.

B: 그럼 생일 선물도 많이 받겠네?

A: 맞아.

50 Join

무슨 뜻일까?

'연결하다', '가입하다', '함께하다'라는 다양한 뜻을 가진 단어야.

어디서 왔을까?

Join은 중세 시대부터 사용된 오래된 단어란다. 14세기에는 주로 '결혼으로 두 사람을 연결하다'라는 뜻으로 쓰였는데, 차츰 결혼이라는 의미가 사라지고 오히려 '적군에 맞서 연합하다'라는 의미로 자주 쓰이게 되었대. 오늘날에는 훨씬 다양한 의미로 쓰여. 예를 들어 *join the army*(군대에 가다), *join the club*(동아리에 가입하다), *join the group*(그룹에 합류하다) 등과 같이 쓸 수 있어.

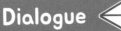

A: Hi, where are you going?

B: We're going to the park to play badminton.

A: Oh, can I join you?

B: Sure.

A: 안녕, 어디 가니?

B: 배드민턴 치러 공원에 갈 거야.

A: 우아, 나도 껴도 돼?

B: 물론이지.

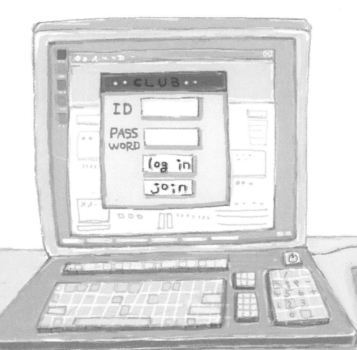

51 Judge

무슨 뜻일까?

Judge는 다양한 의미로 쓰이는데, 명사로는 판사라는 의미로 주로 쓰이고 동사로는 '판단하다', '판결을 내리다'라는 뜻으로 쓰여.

어디서 왔을까?

중세 때부터 재판에서 판결을 내릴 수 있는 사람을 judge라고 불렀어. 다시 말해 중세 영국에는 judge라는 단어가 있었고, 재판도 일찍이 있었다는 거지.

Judge는 '판단하다'라는 동사로도 쓰여. 앞서 배운 *Don't judge a book by its cover*라는 말의 의미가 무엇인지 다시 한 번 떠올려 봐.

A: You're always late.

B: I had reasons. Please don't judge me.

A: I'm not judging you.

A: 넌 항상 지각이구나.

B: 다 이유가 있어. 그렇게 단정 짓지 말아 줘.

A: 단정 짓는 게 아니야.

52 Kick

> **무슨 뜻일까?**

'공 등을 차다'라는 동사와 차는 행위를 뜻하는 명사로 쓰이는 말이야.

> **어디서 왔을까?**

Kick은 역사가 오래된 단어인데, 예전의 뜻도 오늘날처럼 '발로 ~을 차다'라는 뜻이었어. 동사에 –*er*을 붙이면 '~을 하는 사람'이란 의미가 된다고 배웠지? 풋볼에서는 주로 공을 들고 뛰는데, 가끔 공을 차는 경우도 있어. 그 사람을 kicker라고 하지. Kick이 들어간 으스스한 표현 중에 *kick the bucket*이라는 말이 있는데 '죽다'라는 뜻이야. 옛날에는 양동이(*bucket*) 위에 사람을 세워 뒀다가 양동이를 차서 교수형을 집행했대. 그래서 이런 말이 생겼다나?

Dialogue

A: Excuse me. Could you kick the ball to me, please?

B: Sure, here it comes!

A: 저기요. 그 공 좀 제게 차 주시겠어요?

B: 그럼. 자, 간다!

53 Knee

무슨 뜻일까?

'다리 뼈 사이의 이음새'라는 뜻이었던 knee는 오늘날에도 같은 뜻으로 쓰여. 즉, 무릎이라는 뜻이지.

어디서 왔을까?

Knee를 배우는 김에 우리 몸의 각 부분을 가리키는 단어들을 더 배워 볼까?

머리 *head*, 어깨 *shoulder*, 몸통 *body*, 팔 *arm*, 손 *hand*, 다리 *leg*, 발 *foot* 얼굴 *face*, 눈 *eye*, 귀 *ear*, 코 *nose*, 입 *mouth*, 턱 *chin*

신체에 대한 단어를 많이 배웠지? 이제 이 노래를 영어로 부를 수 있을 거야.

> *Head, shoulder, knees and toes, knees and toes.*
> *Head, shoulder, knees and toes, knees and toes.*
> *Eyes and ears and mouth and nose.*
> *Head, shoulder, knees and toes, knees and toes!*

116

A: Ouch!

B: Are you okay? What's wrong?

A: I fell down and hurt my knee.

B: Oops. That must hurt.

A: 아야!

B: 괜찮아? 무슨 일이야?

A: 넘어져서 무릎을 다쳤어.

B: 에고. 아프겠다.

'웃음' 또는 '웃다'로, 명사와 동사로 모두 쓰이는 단어야. 웃음이라고
할 때는 *laughter*라고도 하지.

'웃다'라는 뜻을 가진 영어 단어를 떠올리면 아마도 laugh보다 *smile*이
먼저 생각날 거야. *Smile*은 우리나라에서도 자주 쓰는 말이니까. 우리
가 자주 보는 웃는 얼굴의 이모티콘도 *smiley face*라고 불러. 웃음에도
여러 종류가 있지? *Smile*은 *smiley face*의 표정처럼 미소를 띠고 있는
웃음이고, laugh는 '하하하!' 소리 내서 웃는 웃음이야. 한두 개만 더
알아볼까? *Grin*은 '씩 웃다', *giggle*은 '킥킥거리며 웃다'라는 뜻이야.
그리고 보니 우리말에서도 여러 단어로 웃음을 표현하고 있네.

A: What is LOL? My American friend often uses it.

B: LOL means 'laugh out loud'.

A: Oh, so when something is funny, then we can use LOL.

B: Yes, but people use it only online.

A: LOL이 뭐야? 미국 친구가 자주 쓰던데.

B: LOL은 '크게 웃다'라는 뜻이야.

A: 오, 그러니까 재미있는 게 있으면 LOL이라고 하면 되는구나.

A: 맞아, 하지만 온라인에서만 써.

※LOL: 인터넷 등에서 쓰는 'laugh out loud'의 줄임말

119

55) Law

우리는 모두 법을 잘 지키는 준법 시민이 되어야 해. 법이란 뜻의 law 는 어디서 왔을까?

바로 고대 영어에서 왔어. 고대 영어 중 *lagu*란 단어가 있는데, 이 단 어는 '내려놓다'라는 뜻이었대. 옛날 옛적에는 법을 왕이나 귀족들이 만들었어. 왕이 만든 법을 백성들의 세상에 내려놓았다고 해서 만들어 진 단어가 바로 law야.

A: Let's jaywalk.

B: No! That's against the law.

A: Ok, you're right. I'm sorry.

B: There's a crosswalk. Let's use it.

A: 우리 그냥 건너자.

B: 안 돼! 그건 법을 어기는 거야.

A: 알았어, 네 말이 맞아. 미안.

B: 저기 횡단보도가 있어. 저리로 건너자.

※jaywalk: 무단 횡단하다

※against the law: 법을 어기는

※crosswalk: 횡단보도

56 Learn

무슨 뜻일까?

'배우다'라는 의미야. 예전부터 '지식을 갖추다', '교양을 쌓다' 등의 뜻으로 쓰였어.

어디서 왔을까?

Learn은 *follow a furrow*(고랑을 따라가다), *follow a track*(자취를 따라가다)라는 뜻에서 출발했다고 해. 배움이란 곧, 훌륭한 사람이 앞서 파 놓은 지식적 고랑을 따라가거나, 그 사람의 자취를 밟아 나가는 것이라고 할 수 있어. 그 의미는 오늘날까지도 통하지. 우리 모두 이순신이나 세종 대왕, 셰익스피어나 아인슈타인처럼 위대한 사람들이 이룬 업적을 배우며 자라니까. Learn과 비슷한 말로는 *study*가 있는데, learn은 '배우다'에 가깝고 *study*는 '연구하다, 공부하다'에 더 가까운 단어란다.

A: You speak English really well. Where did you learn it?

B: I have lots of English-speaking friends. I learned English from them.

A: Good for you!

A: 너 영어 정말 잘한다. 어디서 배웠어?

B: 난 영어를 하는 친구들이 많아. 영어를 그 친구들한테 배웠어.

A: 대단하다!

57

Left

무슨 뜻일까?

왼쪽이라는 뜻이야. 오른쪽은 *right*라고 해.

어디서 왔을까?

고대 영어에서 left는 '약한', '힘이 없는', '재주가 없는'이라는 뜻으로 쓰였어. 옛날에는 left란 말에 왼쪽이라는 의미가 들어 있지 않았던 거야! 그러면 어쩌다 '약한'이라는 뜻을 가진 left가 왼쪽이 되었을까? 그 이유는 사람들이 주로 오른손잡이기 때문이었어. 왼손으로는 오른손만큼 힘도 쓸 수 없고, 섬세한 재주도 부리기 어려웠거든. 그래서 오른쪽에 비해 약하고 재주가 없다는 의미로 left라는 말을 쓰기 시작했는데, 그게 왼쪽이라는 뜻으로 굳어진 거야.

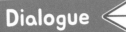

A: I didn't know you're left-handed.

B: Yeh?

A: Is it difficult for you to use right hand?

B: Actually, I can use both hands well.

A: 네가 왼손잡이인 줄 몰랐어.

B: 그래?

A: 오른쪽 손을 쓰면 힘드니?

B: 사실 양손 다 잘 써.

58 Letter

무슨 뜻일까?

문자, 글자를 뜻해. 이 단어의 뿌리는 조금 서글프단다.

어디서 왔을까?

Letter의 유래는 라틴어인 *linere*에서 왔는데, '더럽히다', '지저분하게 만들다'란 뜻이었대. 중세 유럽에서 당시의 문자인 라틴어를 쓰는 사람은 귀족과 성직자들뿐이었어. 일반 백성들 대부분은 글자를 몰랐지. 그야말로 '검은 것은 글자요, 흰 것은 종이로다!'였지. 글자를 모르던 일반 백성들의 눈에 문자란, 고귀하고 비싼 종이를 더럽히고 지저분하게 만드는 이상한 존재였던 거야. 거기서 유래한 것이 바로 letter란다. 참 씁쓸하지?

A: My name is Sun. It starts with the letter S.

B: Nice to meet you, Sun Kim. Then Moon is your brother?

A: That's not funny.

A: 내 이름은 썬이야. S자로 시작해.

B: 만나서 반가워, 썬 킴. 그럼 동생 이름은 달(Moon)이야?

A: 안 웃긴데.

59 Library

도서관이라는 뜻이야. 14세기 후반부터 '책을 보관하는 장소', 혹은 '책을 파는 상점'이라는 뜻으로 쓰였다고 해.

어디서 왔을까?

Library는 라틴어로 책을 뜻하는 *liber*라는 단어에서 유래했어. 라틴어 *liber*는 원래 '나무의 안쪽 껍질'이란 뜻이었대. 이쯤 되면 뭔가 떠오르지 않아? 그래, 파피루스! 종이가 없던 시절에는 나무 껍질을 얇게 벗겨서 그 위에다 글을 썼지. 글을 쓰던 나무 껍질에서 도서관이란 단어가 시작된 거야. 프랑스에서 책을 *livre*라고 부르는 것도 이와 같은 맥락이야.

A: Where are you going?

B: I'm going to the library.

A: Can I join you? I have a book to return.

B: Sure.

A: 어디 가?

B: 도서관에 가.

A: 같이 갈까? 반납할 책이 있어.

B: 좋지.

※return: 반납하다

60 Lunch

학교에서 가장 기다려지는 시간이 언제야? 혹시 점심시간을 알리는 종이 칠 때 아니니? 우리에게 오후를 버틸 힘을 주는 점심을 lunch라고 해.

고대 영어의 사투리 표현인 *lump*에서 왔다고 해. *Lump*는 '쌓아 둔 덩어리'란 말인데, 고대 유럽에선 점심이 따로 없었어. 점심을 먹지 않았다는 거지. 점심을 안 먹는 대신 아침을 한껏 먹고 하루 일과를 보냈는데, 아침을 먹고 나서 남은 음식은 부엌에 쌓아 뒀다고 해. 말 그대로 '음식 덩어리'인 셈이지. 오전 일과를 마치고 배가 고프면 아침에 쌓아 둔 음식 찌꺼기인 *lump*를 조금 집어 먹었는데, 이것이 바로 lunch의 시작이 되었단다.

A: Did you have lunch yet?

B: No. How about you?

A: Not yet. How about some Chinese food?

B: Sounds good. It's on you.

A: 점심 먹었어?

B: 아직. 너는?

A: 나도 아직이야. 중국 음식 먹을까?

B: 좋아. 네가 사.

※A is on B: A를 B가 사다

61 Magazine

세상에는 다양한 종류의 잡지가 많지? 잡지를 영어로 magazine이라고 해.

어디서 왔을까?

원래는 아랍어인 *makhazan*에서 왔어. *makhazan*는 '가게', '상점'이란 뜻이었지. 가게에 가면 여러 물건들을 볼 수 있잖아? Magazine은 그런 의미에서 출발해서 '지식의 상점'이란 뜻으로 이어졌어. 잡지를 읽다 보면 한 가지 주제만 담긴 게 아니라 '지식의 백화점'이라 부를 만큼 여러 지식과 정보가 가득하지?

A: I cooked Ramen. But I don't have a pot holder.

B: Use this magazine.

A: Is that ok?

B: Sure, I already read it. And it's boring.

A: 라면을 끓였는데 냄비 받침이 없네.

B: 이 잡지를 써 봐.

A: 괜찮아?

B: 괜찮아. 다 봤고, 재미도 없던데.

62 Mail

무슨 뜻일까?

우편, 편지라는 뜻이야.

어디서 왔을까?

옛날에는 주로 가죽으로 만든 가방을 가리키던 말이었어. 그러다가 가방에 편지나 우편물을 넣고 다니기 시작했을 테고, 거기서부터 '우편이나 편지를 담은 가방', 또는 '우편물을 들고 다니는 사람'이라는 의미가 생겼나 봐. 우편을 배달하는 사람은 *mailman*, *postman*이라고 불러. 우리가 자주 쓰는 *email*은 *electronic mail*, 즉 전자 우편이란 뜻이야.

A: Did you check the mailbox today?

B: Yes, I did.

A: Did you find anything for me?

B: I found one for you and I left it on your desk.

A: Thanks!

A: 오늘 우편함 확인했니?

B: 응, 확인했지.

A: 나한테 온 거 없었어?

B: 하나 있던데. 네 책상에 올려놨어.

A: 고마워!

63 Marathon

무슨 뜻일까?

올림픽의 꽃이라고 불리는 마라톤을 뜻해.

어디서 왔을까?

Marathon이란 단어는 실제 일어난 역사적 사건에서 시작됐어. 지금으로부터 2400년 전, 고대 그리스의 도시 국가 중 하나였던 아테네와 페르시아가 Marathon이란 곳에서 전투를 벌였어. 페르시아군은 십만 명의 대군이었지만, 아테네는 겨우 만 명의 군사밖에 없었대. 절대적인 열세였지. 하지만 아테네는 열심히 싸워 페르시아의 십만 대군을 물리쳤어. 이 기쁜 소식을 전하기 위해 한 병사가 Marathon 전쟁터에서 42킬로 정도 떨어진 아테네까지 달려 승리의 소식을 전하고 죽었대. 이 병사의 용맹을 기리기 위해 만들어진 스포츠가 바로 marathon이란다.

A: I'm going to run the marathon this weekend.

B: That's really good for you.

A: Would you like to join me?

B: If you go, I will go.

A: 이번 주말에 나 마라톤 뛸거야.

B: 그거 멋진데.

A: 나랑 같이 갈래?

B: 네가 가면 나도 갈게.

64 Mirror

무슨 뜻일까?

하루에 몇 번이나 거울을 보니? 거울에 비친 네 얼굴, 참 멋있지 않아?
Mirror는 거울이란 뜻이야.

어디서 왔을까?

Mirror는 거울이란 뜻의 라틴어 *miror*에서 왔어. *Miror*는 라틴어로 '자
기애'를 뜻해. 지금도 그렇지만, 처음 거울이 만들어졌을 때 사람들은
자기 만족을 위해 거울을 사용했어. 나르시스 이야기를 아니? 나르시
스는 고대 그리스에 살았다고 전해지는 잘생긴 청년이었어. 그는 연못
에 비친 자기 모습을 보고 사랑에 빠져서, 하루 종일 연못가를 떠나지
못했대. 오늘날 우리가 거울을 보고 자기애에 빠지듯이 말이야. 이제
왜 거울이 자기애에서 시작됐는지 알겠지? 오늘도 자기 전에 거울 한
번씩 들여다보며 말해 봐. "너 참 잘생겼다!"

A: Hey, look yourself in the mirror.

B: Why?

A: There's something on your face.

B: That must be ketchup from the hotdog I ate.

A: 얘, 거울 좀 봐.

B: 왜?

A: 얼굴에 뭐가 묻었어.

B: 아마 핫도그 먹다가 묻은 케첩일 거야.

65 Name

Name은 이름 또는 '이름을 지어 주다'라는 뜻이야.

Name의 어원은 아마도 어떤 물체나 사람을 구별하기 위해 이름을 붙이다가 시작되었을 거야. 지금도 사람뿐 아니라 동물이나 물건에게도 이름을 붙여 주잖아? 사람의 이름에는 성과 고유의 이름이 있어. 성은 *family name* 또는 *surname*이라고 하고, 이름은 *given name*이라고 하지. 영어에는 간혹 중간 이름, 즉 *middle name*이 있는 경우도 있어.

A: What's your name?

B: My name is Jegal Min.

A: Which one is your family name?

B: Jegal is my family name and Min is my given name.

A: 너 이름이 뭐야?

B: 내 이름은 제갈민이야.

A: 성이 뭐야?

B: 제갈이 성이고 민은 이름이야.

66 Neighbor

무슨 뜻일까?

이웃이라는 뜻이야.

어디서 왔을까?

오래된 옛 영어 단어인 *neahgebur*에서 왔어. 무슨 뜻인고 하니, 바로 *nearby farmer* 즉 '근처에 있는 농부'란 뜻이었어. 사실 중세 시대 이전만 하더라도 도시라는 개념이 없었단다. 대부분의 백성들이 농부였던 시절이지. 그리고 그 농부들도 다닥다닥 붙어 산 것이 아니라 서로 멀리 떨어져 살았어. 그때는 갑작스런 일이 생겼을 때 찾을 경찰도 없었고, 소방관도 없었어. 아플 때 찾아갈 병원도 없었지. 의지할 사람이라고는 가까이 사는 농부밖에 없었어. 그러니 서로 사이좋게 지내며 이웃이 되었지. 우리말 '이웃사촌'이란 단어도 그렇게 시작된 게 아닐까?

A: Say hello to James, he's my neighbor.

B: Hello, James. Nice to meet you.

A: Let's all have dinner together. It's on me.

B: Sounds great.

A: 제임스한테 인사해. 내 이웃이야.

B: 안녕 제임스. 만나서 반가워.

A: 우리 같이 저녁 먹자. 내가 살게.

B: 좋아.

67 News

뉴스, 새로운 소식이라는 뜻이야

News는 '새로운'이라는 의미의 *new*라는 단어에 복수형 *s*가 붙어 만들어진 말이야. 중세 때부터 이어져 내려온 단어로 알려져 있어. 간혹 news가 *North*(북쪽), *East*(동쪽), *West*(서쪽), *South*(남쪽)의 첫 글자를 따서, 사방팔방의 새로운 소식을 뜻하는 단어로 알고 있는 사람들이 있어. 하지만 믿을 만한 어원은 아니란다. 그래도 정말 그럴싸한 이야기지?

A: I bring good news!

B: What is it?

A: The Korean soccer team won the final game.

B: Is that true? That's really exciting news.

A: 좋은 소식이 있어!

B: 뭔데?

A: 한국 축구팀이 결승전에서 이겼대.

B: 진짜야? 정말 신나는 소식이다.

68 Nickname

혹시 너희도 별명이 있니? 선생님은 '큰 바위 얼굴'이란 별명이 있단다. 머리가 너무 커서 친구들이 붙여 준 별명이야. 별명은 영어로 Nickname이라고 해.

어디서 왔을까?

이 단어는 고대 영어인 *ekename*에서 왔어. 여기서 *eke*는 *added*, '추가된'이란 뜻이야. 즉, nickname은 '원래 있는 이름에 추가된 이름'이란 뜻이라고 할 수 있지. 그런데 중세 유럽에서는 nickname이 재미있고 유쾌한 단어가 아니었어. 도주한 죄인들이 검거를 피하기 위해 본명을 숨기는 목적으로 쓰곤 했거든.

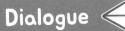

A: Do you have a nickname?

B: Yes. People call me 'Big Head'.

A: I can see that.

B: That's not true, I only have narrow shoulders.

A: 너 별명 있어?

B: 응. 사람들이 나를 대두라고 불러.

A: 그럴 만도 하네.

B: 아니거든, 난 어깨가 좁은 것뿐이야.

※narrow: 좁은

69 O'clock

무슨 뜻일까?

O'clock은 *of the clock*의 줄임말로 '~시'라는 뜻이야.

어디서 왔을까?

"지금 3시야."라는 말을 왜 "*It's three o'clock.*"이라고, 뒤에 o'clock이라는 말을 붙일까? 지금과 같은 시계가 없던 옛날에는 여러 방법으로 시간을 읽었어. 대표적인 것이 해시계(*sundial*)인데, 해시계는 계절에 따라 시간이 다르게 읽히곤 했어. 지금과 같은 기계 시계, 즉 *clock*이 막 사용될 무렵 *of the clock*이란 표현이 쓰이기 시작했지. 즉, *three of the clock*이라는 말은 "*clock*에 의하면 지금 3시야."라는 말인 거야.

148

Dialogue

A: Excuse me. What time is it?

B: It's five o'clock.

A: Do you know what time the next train will come?

B: It will be here at 5:30.

A: Thank you.

A: 실례합니다. 지금 몇 시죠?

B: 5시입니다.

A: 다음 기차가 몇 시에 오는지 아세요?

B: 5시 30분에 도착할 겁니다.

A: 고맙습니다.

(70) Onion

이걸 썰면 자꾸만 눈물이 나. 눈물을 쏙 빼게 만드는 채소, 바로 양파를 뜻해.

어디서 왔을까?

Onion은 라틴어인 *union*에서 왔어. 맞아, *union*이라는 영어 단어도 있어. '한 덩어리', '공동체'라는 뜻이 담긴 단어지. 이제 감이 오니? 그래, 양파는 까도 까도 끝이 없는 여러 겹으로 되어 있어. 그 여러 겹이 하나로 뭉쳐 양파 하나를 이루는 셈이지. 그래서 고대 로마인들은 양파를 '한 덩어리'란 뜻의 *Union*으로 부르게 되었고, 그것이 영어에서 onion이 된 것이란다. 식사 시간에 양파가 나오면, 이런 재미있는 어원을 떠올리며 맛있게 먹어 보렴.

A: Do you like onions?

B: Of course, I eat them everyday.

A: No wonder you are so healthy.

B: But it smells bad and spicy.

A: 너 양파 좋아해?

B: 물론이지. 매일 먹는걸.

A: 어쩐지 아주 건강하더라.

B: 그런데 냄새가 심하고 매워.

71 Orchestra

무슨 뜻일까?

Orchestra는 관현악단을 뜻해. 아주 큰 오케스트라에는 멋진 타악기도 들어가지. 오케스트라가 연주하는 음악을 감상해 본 적 있니? 갖가지 악기가 연주하는 아름다운 선율은 우리 마음을 풍성하게 채워 준단다.

어디서 왔을까?

Orchestra라는 단어는 그리스어 *orkestra*에서 왔어. 이 단어는 서커스장의 댄서들이 춤을 추는 공간을 뜻한데. 세월이 흐르면서 댄서들이 춤을 추는 공간에 악사들이 들어가 음악을 연주하기 시작했어. 자연스럽게 orchestra는 '다양한 악사들이 한자리에 모여 음악을 연주하는 것'을 뜻하는 단어로 자리 잡았어.

A: Do you know how to play the piano?

B: Of course. I play the piano in the school orchestra.

A: That's great! Can you invite me when you have a concert?

B: Of course.

A: 너 피아노 칠 줄 알아?

B: 물론이지. 나 학교 오케스트라에서 피아노를 쳐.

A: 대단하다! 그럼 연주회 있을 때 초대해 줄래?

B: 물론이지.

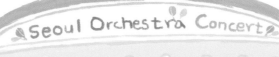

72 Orient

동양, 그중에서도 동아시아를 가리켜 Orient라고 부른단다.

어디서 왔을까?

원래는 라틴어 *orientis*에서 왔어. 이 단어는 '솟아오르는'이란 뜻이래. 도대체 솟아오르는 것과 동양 사이에 무슨 관계가 있을까? 오래 전부터 서양에서는 동아시아에서 해가 떠오른다고 생각했어. 왜 서양에서는 동아시아를 해가 떠오르는 땅으로 여겼을까? 왜냐하면 유럽이나 아메리카 대륙에서 봤을 때, 우리나라나 중국, 일본 같은 동아시아 국가들이 가장 동쪽에 위치해 있기 때문이야. 해는 동쪽에서 뜨니까, 동아시아에서 가장 먼저 해가 뜬다고 생각한 거지.

A: Why do you take off your shoes inside?

B: That's an old tradition in the Orient.

A: Do I have to take off my socks too?

B: No, you don't need to.

A: 왜 실내에선 신발을 벗는 거야?

B: 동양의 오랜 전통이야.

A: 양말도 벗어야 해?

B: 아니. 양말은 벗지 않아도 돼.

※take off: 벗다

※tradition: 전통

※socks: 양말

73 Over

무슨 뜻일까?

Over는 '~위에', '~이 끝난', '저편에' 등과 같이 여러 의미가 있어.

어디서 왔을까?

Over는 원래 '~위에'처럼 주로 위치를 나타내는 말이었어. 그러다가 '끝나다', '저편에'와 같은 의미가 점점 추가되었단다. Over가 위치를 나타낼 때는 *on*처럼 물체 바로 위에 붙어 있는 것을 의미하지 않고, 살짝 떨어져 있는 것을 뜻해. 반대말로는 *under*(~아래에)라는 단어가 있어. 위치를 나타낼 때뿐만 아니라 *"The game is over."*와 같이 무엇이 끝났을 때도 자주 사용하는 말이야.

156

A: What is that flying over the rainbow?

B: That's a plane, isn't it?

A: No, it looks like a UFO.

A: 무지개 너머로 날아가는 게 뭐지?

B: 비행기 아니야?

A: 아냐, UFO처럼 생겼는걸.

on   in   over   under

far   near

74 Panic

무슨 뜻일까?

어두운 밤, 숲속에서 홀로 길을 잃었다고 상상해 봐. 으스스하지? 그때 어디선가 기괴한 소리까지 들려온다면? 너무 무서워서 정신도 못차릴 거야. 이렇게 두렵고 당황스러운 감정을 Panic이라고 해.

어디서 왔을까?

고대 그리스에서는 깊은 숲속에 *Pan*이라는 신이 산다고 믿었대. 염소 다리에 사람의 몸통을 가진 이상한 신이었지. 우리나라 전설로 치면 산신령 정도 되려나? 그런데 *Pan*은 산에 홀로 들어온 사람이 있으면 일부러 큰 소리를 내서 놀래켰다고 해. 정말 짓궂지? Panic은 '*Pan*이 내는 소리'라는 뜻이야. 그리하여 오늘날에는 '당황하다', '놀라다'의 뜻이 되었지.

A: There is no way out!

B: Don't panic. We can get out of here.

A: It's dark and we are lost! Where are we now?

B: You are in our school building. We are in the basement. I know the exit.

A: 나가는 길이 없어!

B: 당황하지 마. 여기서 나갈 수 있어.

A: 어두운 데다 길까지 잃었어! 우리 어디에 있는 거야?

B: 넌 우리 학교 건물 안에 있어. 우린 지하에 있는 것 뿐이야. 나가는 길은 내가 알아.

※get out of~: ~를 빠져나가다
※be lost: 길을 잃다
※exit: 출구

75 Paper

Paper는 종이를 뜻해.

라틴어 *papyrus*에서 왔어. *Papyrus*는 이집트 지역에서 자라는 식물인데, 고대 이집트인들은 문자를 기록하기 위해 이 식물의 줄기를 짓이겨 말려 종이를 만들었대. 그런데 오늘날 우리가 쓰는 종이와는 많이 달랐다고 해. 현대의 종이는 기원후 100년경 채륜이라는 중국인이 발명한 거야. 나중에 이 종이를 수입해 간 유럽인들이 이집트인들이 쓰던 *papyrus*와 비슷하다고 해서 paper라고 이름 붙였대.

A: Do you have some toilet paper?

B: Why?

A: I need it now! I'm in a hurry!

B: Sorry. I don't have it now.

A: 너 화장지 있니?

B: 왜?

A: 지금 필요해! 급해!

B: 미안. 지금 없어.

※toilet paper: 화장지

※in a hurry: 급한

76

Passion

무슨 뜻일까?

열정을 뜻해. 듣기만 해도 가슴 뛰는 단어 passion은 사실 가슴 아픈 유래가 있어.

어디서 왔을까?

Passion의 기원이 된 라틴어 *passio*는 고통, 아픔이라는 뜻이야. 아니, 고통이 열정이라고? 사실 이 단어에는 십자가에 못 박혀 돌아가신 예수님의 이야기가 담겨 있어. 당시 예수님의 죽음을 목격한 로마인들은 십자가에 못 박힌 고통을 *passio*란 단어로 묘사했어. 인류를 구하고자 목숨을 버린 예수님의 고통과 열정을 *passio*에 담은 거지. 이후 *passio*는 '무언가를 이루고자 하는 열정'이란 뜻으로 쓰이기 시작했어. 이제 passion이 어떻게 생겨났는지 알겠지?

A: You mastered Chinese? You are full of
   passion!
B: Thank you. Now I can take a trip to China.
A: How did you do that?
B: Well, practice makes perfect.

A: 너 중국어 마스터했어? 정말 대단한 열정이다!
B: 고마워. 이제 중국 여행도 할 수 있어.
A: 어떻게 해낸 거야?
B: 글쎄, 꾸준한 연습만이 답이지.

※master: 완벽하게 해내다
※be full of~: ~로 가득 찬
※practice: 연습

77 Piano

무슨 뜻일까?

가장 좋아하는 악기가 뭐야? 연주도 할 줄 아니? 악기 중의 악기라는 피아노의 이름은 어디서 온 걸까?

어디서 왔을까?

바로 이탈리아어에서 왔어. 이탈리아어 piano e forte를 줄여서 piano라고 부른 거야. Piano e forte는 soft to loud, 즉 '조그마한 소리에서 시끄러운 소리까지'란 뜻이란다. 이해가 되지? 피아노는 아주 낮은 음부터 높은 음까지 모두 소화해 내는 악기잖아.

A: You have a piano in your house? Wow.

B: I bought it last month.

A: Do you know how to play it?

B: No. That's just a decoration.

A: 너희 집에 피아노 있어? 우아.

B: 지난달에 샀어.

A: 연주할 줄 알아?

B: 아니. 그냥 장식이야.

78 Play

무슨 뜻일까?

놀이, 경기, 연극이라는 뜻과 함께 '경기를 하다', '연주하다'라는 다양한 의미로 사용돼.

어디서 왔을까?

Play는 12세기 이전부터 쓰였어. 정말 오랫동안 쓰인 단어임에도 그 뜻이 많이 바뀌지 않았단다. 옛날에도 '잽싸게 움직이다', '음악을 연주하다', '운동 경기를 하다', '스스로를 바쁘게 만들다' 등과 같은 뜻으로 쓰였대. 오늘날에도 다양한 뜻으로 사용되지. Play in the playground(놀이터에서 놀다), play the piano(피아노를 연주하다), play the basketball(농구를 하다)처럼 말이야.

A: I'm going to play soccer this weekend. Do you want to join me?

B: I'd love to, but I need to visit my grandmother.

A: Okay, next time, then.

A: 이번 주말에 축구할 거야. 너도 같이 할래?

B: 그러고 싶지만, 할머니 댁에 가야 해.

A: 그래, 그럼 다음번에 같이 하자.

79 Pretty

Pretty는 '예쁜'이라는 뜻이야. '꽤', '아주'라는 뜻으로도 쓰여.

어디서 왔을까?

Pretty는 원래 농담, 속임수를 의미하던 단어에서 나온 말이래. 옛날에는 예쁘다는 의미 대신 '기술이 좋은', '꾀가 많은'처럼 외모보다는 능력과 관련된 의미로 쓰였단다. 그러다가 14세기경 '용감한', '남자답고 씩씩한'이라는 뜻으로 바뀌었는데 후에 예쁘다는 의미가 되었대. Pretty와 비슷한 단어로는 *beautiful*이 있어.

A: Did you watch the movie, Frozen?

B: Yes, I did. I really like the songs.

A: I do, too. And Elsa's dress is so pretty.

B: Of course!

A: 너 〈겨울왕국〉 봤어?

B: 응, 봤어. 노래가 정말 좋더라.

A: 나도 좋아. 엘사의 옷이 너무 예뻐.

B: 정말이야.

80 Pupil

무슨 뜻일까?

학생, 특히 초등학생을 뜻해.

어디서 왔을까?

라틴어 *pupilla*에서 왔어. *Pupilla*는 작은 인형이란 뜻이래. 학생과 인형은 무슨 관계가 있을까? 부모님과 함께 등교한 적 있니? 그때마다 부모님은 '요 작은 인형이 학교에 갈 나이가 되다니!' 하며 손을 꼭 잡아 주시지. 엄마 아빠의 눈에는 너희들이 눈에 넣어도 안 아플 만큼 귀엽고 예쁜 인형 같은 존재란다. 오죽했으면 고대 로마인들도 어린 자녀들이 학교에 가는 모습을 보고 인형이란 표현을 썼겠어? 엄마 아빠가 너를 얼마나 사랑하는지 알겠지?

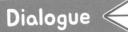

A: Who is your son?

B: That little pupil with a red hat.

A: He looks exactly like you.

B: Like father, like son.

A: 누가 네 아들이야?

B: 저기 빨간 모자 쓴 작은 학생.

A: 너랑 완전 붕어빵이다.

B: 부전자전이지.

※exactly: 정확하게, 꼭

※like father, like son: 부전자전

81 Question

무슨 뜻일까?

Question은 질문, 의문, 궁금함이라는 뜻이야.

어디서 왔을까?

Question은 13세기경 철학적이고 신학적인 문제라는 의미로 쓰였는데, 이후 어려움, 의구심, 문제 등의 뜻이 생기기 시작했어. 그러다가 문제 또는 '질문하다'와 같은 오늘날의 의미가 되었지. 여기서 잠깐! 물음표는 영어로 뭐라고 할까? 바로 Question *mark*야. 물음표는 어떻게 사용되기 시작했을까? 두 가지 설이 있어. 첫 번째는 고대 이집트 시대에 호기심 많은 고양이에서 착안해 그 꼬리 모양을 질문 옆에 그렸다는 거야. 두 번째는 중세 시대에서 기원했어. 당시에는 질문 옆에 *quaestio*(질문)라고 썼는데, 그 첫 글자인 '*q*' 모양에서 물음표가 시작되었다는 얘기도 있어. 둘 다 그럴듯하지?

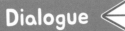

A: Look at the whales on TV. They are so cute!

B: Yeah. I have a question. Why do they jump?

A: Oh, that's a way of communication. They make sounds by jumping.

A: TV에 나오는 고래들 좀 봐. 정말 귀엽다!

B: 그러네. 나 질문이 있어. 고래들은 왜 점프를 해?

A: 아, 그건 고래들이 대화하는 거야. 점프를 해서 소리를 내면서 말이지.

82 Rainbow

> **무슨 뜻일까?**

무지개란 뜻의 rainbow는 *rain*(비)와 *bow*(활)가 합쳐진 단어야.

> **어디서 왔을까?**

비가 내리고 난 후에 해가 뜨면, 예쁜 무지개가 생겨. 무지개라는 단어는 성경책에도 나올 정도로 오래된 단어란다. 무지개를 뜻하는 영어 단어인 rainbow에서 *rain*은 비 또는 '비가 오다'라는 말이야. *Bow*는 활을 뜻해. 즉 Rainbow는 휘어진 활모양에서 왔다고 볼 수 있지.

그런데 *bow*는 활이란 뜻뿐 아니라 '절하다'라는 뜻도 있어. 절을 할 때 허리가 활처럼 둥글게 휘기 때문에 이런 뜻이 생겼다고 해. 설날에 할아버지, 할머니께 드리는 세배는 *New Year's bow*라고 한대.

A: Look! We have a rainbow after the rain.

B: Yes, that's beautiful.

A: How many colors are there in the rainbow?

B: There are seven colors, from red to violet.

A: 봐! 비 온 뒤에 무지개가 생겼어.

B: 그래, 아름답다.

A: 무지개에는 몇 가지 색깔이 있어?

B: 일곱 가지 색이 있지. 빨간색부터 보라색까지 말이야.

Right

무슨 뜻일까?

Right는 오른쪽 또는 '옳은'이라는 의미가 있어.

어디서 왔을까?

Right는 원래 오른쪽이란 뜻이 아니었어. 왼손에 비해서 오른손이 훨씬 일을 잘하니까 '재주 있는', '기술적인'이라는 뜻을 가진 right라고 불렀던 거야. 그러다가 아예 '오른쪽의'라는 뜻이 되었지.

A: Excuse me. Where is the post office?

B: Go straight. It's on your right.

A: Thanks.

A: 실례합니다. 우체국이 어디죠?

B: 곧바로 가세요. 오른편에 보일 거예요.

A: 고맙습니다.

※on your right: 오른쪽에

84 Road

길이라는 뜻의 road는 우리가 걸어다니는 길뿐만 아니라 '미래 사회로 가는 길'에서처럼 은유적인 의미도 갖고 있어.

어디서 왔을까?

Road는 어원이 불분명한 단어야. 그래도 한 가지 분명한 건, 말을 타는 것(*riding*)과 관련이 있다는 거야. 오늘날 차도와 인도를 구분하듯이 말을 타고 다니던 옛날에도 말이 지나가는 길과 사람이 걸어 다니는 길을 구분해서 사용했단다. 그 시절 사람들이 말을 타고 다니던 길을 road라고 불렀던 것 같아.

어감은 조금 다르지만, 길을 뜻하는 영어 단어로는 road 외에도 *street*, *avenue*, *way*, *drive* 등이 있어.

아래 동요 가사를 읽고, 여러 가지 길의 모습을 상상해 봐.

We're going down a smooth road,
We're going down a bumpy road,
We're going down a winding road,
We're going over a hole in the road.

※smooth road: 평평한 길
※bumpy road: 울퉁불퉁한 길
※winding road: 구불구불한 길

85 Robot

무슨 뜻일까?

우리말로도 로봇이라고 해. 인간의 일을 대신해 주는 기계를 뜻하지.

어디서 왔을까?

Robot은 체코 극작가 요세프 차페크의 연극 〈로섬의 만능 로봇: *Rosum's Universal Robots*〉에서 처음 등장한 단어야. 이 연극은 1923년 런던과 뉴욕 무대에 처음 올려졌대. 그때 '강요된 노동'을 뜻하는 체코어 'robota'가 사용되었는데, 그것이 나중에 robot이라는 단어가 된 것이지. 오늘날에는 사람의 일을 대신 해 주는 기계라는 의미를 갖고 있어.

A: See! We have a new robot!

B: That's great. What can it do?

A: It can clean the house, tell about the weather, and play with me.

A: 봐! 새 로봇이 생겼어!

B: 멋지다. 이 로봇은 뭘 할 수 있지?

A: 집을 청소하고, 날씨를 알려 주고, 나하고 놀아 주기도 해.

86　Sad

> **무슨 뜻일까?**

'슬픈', '우울한'이라는 뜻이야.

> **어디서 왔을까?**

Sad는 무엇에 싫증 나거나 지쳤다는 뜻이었어. 반대로 어떤 음식이나 음료에 만족한다는 의미도 있었지. 그런데 나중에 우울하고 슬프다는 의미로 바뀌었단다. Sad와 비슷한 느낌의 단어는 *unhappy, down, gloomy* 등이 있어. 색깔을 나타내는 *blue* 또한 우울하다는 의미로 쓰여.

A: You look really sad. What's wrong?

B: I lost my dog.

A: Oh, no! How come?

B: I kept the door open and he went out.

A: He'll be back. Don't worry.

A: 너 정말 슬퍼 보여. 무슨 일 있어?

B: 개를 잃어버렸어.

A: 저런! 어쩌다가?

B: 문을 열어 놓았는데 나가 버렸어.

A: 돌아올 거야. 걱정하지 마.

87 School

무슨 뜻일까?

School은 학교를 의미하기도 하고 학교 건물을 뜻하기도 해. 때로는 학파라는 의미로도 쓰이지.

어디서 왔을까?

School은 원래 학교라는 뜻이 아니라 여가(*leisure*)를 의미했대. 공부하느라 여가 시간이 없는 우리가 볼 때, school과 여가는 별로 관련이 없어 보여. 하지만 옛날의 학교는 사람들이 여유롭게 함께 공부하고 토론하며 그야말로 여가를 보내는 곳이었대. School에서 파생된 단어 *scholar*(학자)도 비슷한 느낌의 단어야.

School과 얽힌 또 한 가지 재미있는 말로 *school of fish*란 표현이 있어. '한 떼의 물고기'라는 뜻인데, 물고기가 떼지어 다니는 모습이 학생들이 학교에서 떼지어 나오는 모습과 비슷해서 생긴 표현이라고 해.

Dialogue

A: How's your new school?

B: It is great. I like our teachers and I made lots of good friends.

A: Glad to hear that.

A: 새 학교는 어때?

B: 좋아. 선생님들도 좋고, 좋은 친구들도 많이 사귀었어.

A: 다행이다.

88 Slave

무슨 뜻일까?

Slave는 명사로는 노예, 동사로는 '노예처럼 일하다'라는 뜻이야.

어디서 왔을까?

Slave라는 단어는 중세 때 생긴 단어야. 신성 로마 제국의 황제로 잘 알려진 독일의 오토 대제는 다른 나라와 많은 전쟁을 벌였어. 전쟁 중에 당시의 독일인들은 슬라브 사람들을 잡아서 유럽 전역에 팔았대. 팔려 간 슬라브(*Slav*) 사람들이 유럽 곳곳에서 노예가 되면서 slave라는 단어가 생겼대.

A: Have you read the novel, Roots?

B: No, I haven't.

A: Then, you should read it. It's a really good book, but sad.

B: What is it about?

A: It is about a man, Kunta Kinte. He is an African slave.

B: Oh, is he a real person?

A: No, he is a fictional character.

A: 너 〈Roots〉라는 소설 읽어 봤어?

B: 아니, 아직.

A: 꼭 읽어야 돼. 슬픈 얘기지만, 정말 좋은 책이거든.

B: 무슨 내용인데?

A: 쿤타 킨테라는 남자에 관한 이야기야. 그는 아프리카인 노예야.

B: 오, 실존 인물이야?

A: 아니, 가상의 인물이야.

※fictional character: 가상의 인물, 소설 속 인물

무슨 뜻일까?

Sport는 운동 경기라는 의미야. 우리는 '스포츠'라고 읽는데, *sports*는 sport의 복수형이지.

어디서 왔을까?

sport는 14세기경부터 사용된 단어야. '일에서부터 멀어져 즐거운 시간을 보낸다'는 뜻을 가진 단어에서 유래되었지. 처음에는 운동이라는 뜻보다는 여가를 즐긴다는 의미로 쓰였대. 그러다가 16세기에 들어서면서 '몸으로 하는 게임'이라는 의미로 쓰이기 시작했어.

Dialogue

A: I lost the soccer game. I'm not good at playing sports.

B: Cheer up! You showed a good sportsmanship.

A: Thank you for saying so.

B: And there will be a next time.

A: 나 축구 경기에서 졌어. 난 운동에는 소질이 없나 봐.

B: 힘내! 그래도 훌륭한 스포츠 정신을 보여 줬어.

A: 그렇게 말해 주다니 고마워.

B: 그리고 다음에도 기회가 있잖아.

※sportsmanship: 스포츠 정신

※There will be a next time: 다음에도 기회가 있다

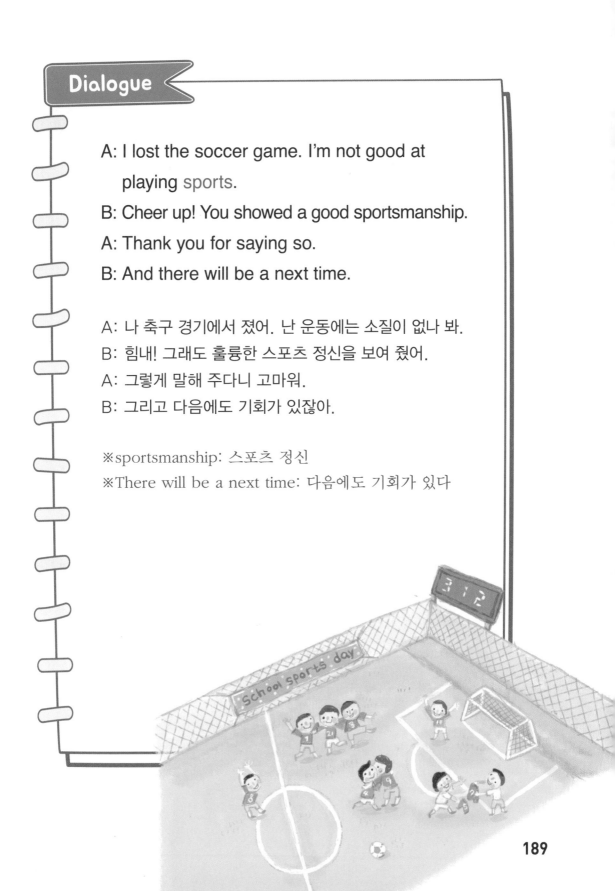

Stomach는 '위'라는 뜻인데, 배, 복부를 이르기도 해.

Stomach는 처음에는 '입'이란 뜻으로 쓰이다가 목구멍, 식도, 위의 입구란 의미를 거쳐 이제는 위를 가리키는 말이 되었어. 옛날 사람들은 유머가 위에서 나온다고 생각했대. 재미있지?

Stomach에 통증이라는 의미의 '-ache'를 붙이면 *stomachache*라는 단어가 돼. 이 단어는 위통, 복통이라는 뜻이야. 그러면 -ache를 붙여서 다른 단어들도 만들어 볼까? *Head*(머리)에 붙이면 *headache*(두통), *tooth*(이)에 붙이면 *toothache*(치통), *back*(등)에 붙이면 *backache*(요통)이 되지. 그럼 *heartache*는 뭘까? *Heartache*에서 *heart*는 심장이지만, *heartache*는 심장통이 아니고 마음이 아픈 것을 표현하는 말이야.

A: What's wrong?

B: I have a really bad stomachache.

A: Why don't you see a doctor?

B: I think I should.

A: 무슨 일이야?

B: 배가 너무 아파.

A: 병원에 가 보지 그래?

B: 그래야겠어.

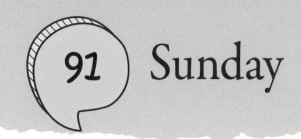

91 Sunday

무슨 뜻일까?

일요일이라는 뜻이야. *Day of Sun*(태양의 날)에서 유래되었다고 해.

어디서 왔을까?

영어의 요일 이름은 바빌로니아 시대 때 만들어졌다고 해. 하늘을 돌고 있는 일곱 개의 별 명칭을 따서 각 요일의 이름을 지었지. 그럼, 월요일부터 토요일까지는 어떤 별에서 이름을 따왔는지 알아볼까?

Moon 달 → *Monday* 월요일

Mars 화성 → *Tuesday* 화요일

Mercury 수성 → *Wednesday* 수요일

Jupiter 목성 → *Thursday* 목요일

Venus 금성 → *Friday* 금요일

Saturn 토성 → *Saturday* 토요일

Dialogue

A: I'm going to go to an art exhibition this Sunday.

B: I love art exhibitions. What art exhibition is that?

A: It's Chagall's.

B: Oh, that exhibition will start next Monday, not this Sunday.

A: 이번 일요일에 미술 전시회에 갈 거야.

B: 나도 미술 전시회 정말 좋아해. 어떤 전시회야?

A: 샤갈의 작품을 전시한대.

B: 오, 그 전시회는 이번 일요일이 아니라 다음주 월요일에 시작해.

※art exhibition: 미술 전시회

92 Talent

무슨 뜻일까?

Talent는 재주, 재능, 장기, 능력이라는 뜻이야.

어디서 왔을까?

Talent는 오랜 역사를 지닌 단어야. 기원전부터 사용되었는데, 당시에는 무게를 나타내던 말이었어. 이후에는 돈의 단위로 사용되었지. Talent는 성경에도 등장해. 우리말로는 '달란트'로 번역되어 있어. 성경에 나오는 달란트도 돈의 단위야. 오늘날에는 돈의 단위라는 의미 대신 재능을 뜻하는 말이 되었지. 자신의 재능을 뽐내는 행사를 *talent show*라고 하기도 해. 아 참, 주의할 것 하나! 우리말에서 배우를 가리켜 탤런트라고 부르는데, 그건 틀린 표현이야. 앞에서 배운 것처럼 배우는 *actor, actress*라고 쓴단다.

A: Wow, did you paint this?

B: Yes, I did.

A: This is a wonderful painting. You have a lot of talent.

A: 우아, 네가 그렸어?

B: 응.

A: 멋진 그림이다. 너 재능이 많구나.

93 Test

무슨 뜻일까?

Test는 명사로는 시험, 검사라는 의미로 사용돼. 동사로는 '시험하다', '검사하다'라는 뜻으로 쓰이지.

어디서 왔을까?

Test는 원래 구멍 난 컵 모양 그릇을 부르는 이름이었대. 여기에 금이나 은과 같은 금속을 부으면 불순물은 다 빠져서 그릇에 흡수되고 깨끗한 금속만 남았지. 그러니까 test는 순수한 금이나 은을 거를 때 사용된 그릇이었는데, 이 그릇에 무언가 넣는다는 것이 시험이나 검사를 한다는 맥락이 된 거야. 그렇게 test가 오늘날의 '시험'이 된 거란다.

Dialogue

A: You look worried. What's going on?

B: I have a math test tomorrow and I'm worried about it.

A: How about studying together? Then, we can help each other.

B: OK, then let's meet this afternoon.

A: 걱정이 있어 보이네. 무슨 일이야?

B: 내일 수학 시험이 있는데 걱정돼.

A: 나랑 같이 공부할래? 서로 도와줄 수 있을 거야.

B: 좋아, 그럼 오후에 만나자.

Travel

무슨 뜻일까?

Travel은 여행, 또는 '여행 가다'라는 뜻이야. 주로 장거리 여행에 많이 쓰이는 단어란다.

어디서 왔을까?

Travel은 놀랍게도 고문 기구를 부르는 말이었대. 고문, 고통스러운 일을 뜻하는 말로 쓰이다가 중세 들어서 여행을 의미하기 시작했지. 차도 없고, 먹고 자는 곳도 마땅치 않은 험한 중세 시대의 여행을 상상해 봐. 당시의 여행은 돈과 시간이 많이 들 뿐 아니라 힘이 많이 들었을 게 분명해. 그러니 고통스러운 일을 의미하는 travel이 여행이란 의미로 쓰이기 시작했다는 것도 이해가 되지? 게다가 중세에 들어서는 기독교가 번성하면서 성지 순례를 떠나게 되었어. 순례의 여정은 아주 길고 고통스러웠을 거야. 이런 이유 때문에 고문이라는 뜻을 가진 travel이 여행의 의미로 쓰이게 된 거란다.

여행을 뜻하는 다른 단어가 여럿 있는데, 그중에서 travel과 *journey*는 다른 도시나 다른 나라로 가는 장거리 여행에 가깝고, *trip*은 비교적 짧은 여행을 의미해.

A: How long will you be away?

B: I will travel from London to Rome for 10 days.

A: It will be a long trip. Why don't you travel a little longer?

B: My dad has to come back soon because of his business.

A: That's too bad.

A: 여행은 얼마나 다녀올 거야?

B: 런던에서 로마까지 열흘간 여행할 거야.

A: 긴 여정인데, 더 오래 여행하는 건 어때?

B: 아빠가 일 때문에 일찍 돌아오셔야 해서.

A: 안됐다.

Mountain

Beach

Island

95 Usual

Usual은 '보통의', '평범한', '일상적인'이라는 뜻이야.

Usual의 어원은 *use*(쓰다)에서 찾아볼 수 있어. 여기서 '흔히 사용하는', '흔히 볼 수 있는'이라는 의미의 *usual*이 생겨났지. *"I usually get up early.*(나는 주로 일찍 일어나.)"처럼 '주로', '흔히'라는 뜻의 *usually*도 많이 쓰여. '늘 하던 대로'라는 표현인 *as usual*도 '흔히' 쓰인단다.

Dialogue

A: Why were you late this morning?

B: My usual train was cancelled, so I was late.

I am sorry.

A: So how did you get here?

B: I took a bus.

A: 오늘 아침에 왜 늦었어?

B: 평소에 타던 기차가 취소돼서 늦었어. 미안해.

A: 그럼 어떻게 왔어?

B: 버스를 탔지.

96 Village

무슨 뜻일까?

Village는 마을, 작은 동네라는 뜻이야.

어디서 왔을까?

Village라는 단어는 14세기 말부터 사용되었는데, 당시에도 '사람들이 모여 사는 곳', '집이 모여 있는 곳'이라는 의미로 쓰였어. 옛날에는 주로 농장 근처에 모여 있는 동네를 village라고 불렀으나 오늘에 이르러서는 그런 의미는 사라지고 작은 동네를 일컫는 말이 되었지. 비슷한 말로는 *town*이 있는데, 보통 *town*이 village보다는 더 큰 지역을 뜻해. 그보다 더 크고 붐비는 도시는 *city*라고 하지.

A: Do you live in a city?

B: No, we live in a small village outside Seoul.

A: How do you like living there?

B: I like it because it is a quiet place.

A: 너 도시에 사니?

B: 아니, 서울 외곽에 있는 작은 동네에 살아.

A: 거기 사는 건 어때?

B: 좋아. 조용한 곳이거든.

부피, 양 그리고 책을 세는 단위로 쓰여.

라틴어인 *volumen*에서 왔어. 뜻은 '파피루스 묶음'이란다. 기억나지? 종이(paper)가 발명되기 전에는 *papyrus*라는 식물을 짓이긴 뒤 말려서 그 위에 글을 썼다고 배웠잖아. 그 *papyrus*의 묶음을 *volumen*이라고 불렀는데, 그 때문에 나중에는 책을 세는 단위가 되었단다. 주로 시리즈로 된 책의 '제1 권', '제2 권'을 '*the first volume*', '*the second volume*' 식으로 부르지. 책을 세는 단위 말고도 부피, 양을 표현하기도 해. 책이 여러 권 있으면 엄청난 부피를 차지하기 때문이야. 참고로 *volumen*에서 유래한 라틴어로 *volvo*가 있는데, '굴러가다'란 뜻이란다. 맞아, 자동차 회사 이름으로도 쓰여. 파피루스 묶음은 동그랗겠지? 잘 굴러가는 모양이어서 *volvo*라는 단어가 생긴 거란다. 그래서 '잘 굴러간다'는 뜻으로 *Volvo*라는 회사 이름을 지은 거래.

A: Hey! Turn down the volume! It's too loud.

B: I'm sorry.

A: It gives me a headache.

B: Enough! I said I'm sorry.

A: 얘! 소리 좀 낮춰. 너무 시끄러워.

B: 미안해.

A: 머리가 아프단 말이야.

B: 그만 좀 해! 미안하다고 했잖아.

※turn down: 소리 등을 줄이다

※loud: 시끄러운

98 Weather

무슨 뜻일까?

날씨, 기후라는 뜻이야.

어디서 왔을까?

Weather의 어원은 8세기 이전으로 거슬러 올라간단다. 당시에도 날씨라는 뜻과 비슷하게 쓰였는데, 정확히는 '공기 중의 상태'라는 의미였어. 더불어 바람, 폭풍, 공기, 하늘과 같은 의미로도 쓰였대. 옛날에는 weather가 부정적인 어감의 단어였어. 폭풍이나 우박과 같이 나쁜 날씨를 걱정할 때 날씨 이야기를 유독 많이 했기 때문이지. 특히 옛날에는 어부와 농부처럼 날씨에 영향을 많이 받는 일을 하는 사람이 많았어. 그러니 날씨 걱정을 하는 사람도 많았겠지? 하지만 오늘날에는 weather에 부정적인 의미가 들어 있지 않단다.

Dialogue

A: How's the weather today?

B: It's sunny and warm, but the fine dust level is high.

A: Oh, no! My friends and I are planning to go on a picnic this afternoon.

B: I think you should cancel the picnic.

A: 오늘 날씨는 어때?

B: 맑고 따뜻해. 하지만 미세 먼지 농도가 높아.

A: 오, 안 돼! 오후에 친구들이랑 소풍 가기로 했는데.

B: 소풍은 취소해야겠다.

※fine dust: 미세 먼지

99) Yesterday

무슨 뜻일까?

어제라는 뜻이야.

어디서 왔을까?

Yesterday는 *yester*와 *day*가 합쳐진 말이란다. *Yester*는 원래 '오늘 전', '오늘이 아닌'이라는 뜻이었는데, *day*(날)과 합쳐지면서 어제라는 의미가 된 거지. 옛날에는 *yester*와 *week*, *month* 등을 결합해 *yesterweek*(지난주), *yestermonth*(지난달)처럼 쓰기도 했는데, 이제는 더 이상 쓰지 않아. 그러면 그저께는 영어로 뭐라고 할까? 어제의 전날이니까 *the day before yesterday*라고 한단다. 한 가지 더! 모레는 뭐라고 부를까? 내일은 *tomorrow*, 모레는 내일의 다음 날이므로, *the day after tomorrow*가 되겠지?

A: I saw you studying in the library yesterday.

B: Yeah, I have science homework due tomorrow.

A: So, have you finished it?

B: Not yet. I need to go back to the library this afternoon again.

A: 너 어제 도서관에서 공부하더라.

B: 응, 내일까지 내야 하는 과학 숙제가 있거든.

A: 그래서 끝냈어?

B: 아직. 오늘 오후에 도서관에 다시 가야 할 것 같아.

100 Zero

무슨 뜻일까?

Zero는 숫자 0을 의미해.

어디서 왔을까?

아무것도 없는 0의 개념을 처음 떠올린 사람들은 인도인들이란다. 다른 고대 국가에서도 0에 대한 개념이 있었지만, 그것을 체계적으로 기록한 것은 인도 사람들이었어. 0은 인도에서 아랍으로, 그리고 다시 유럽으로 전파되면서 영어로는 zero라고 부르게 되었지. 상업이 발달했던 중세 이탈리아에서는 한때 숫자 0의 사용을 금지하기도 했대. 0을 6이나 9로 슬쩍 바꾸는 일이 자주 있었기 때문이라나?

A: Who invented 0 for the first time in the history?

B: I read Indians created the concept of 0.

A: Did they also use the number 0, too?

B: I don't think so. The number 0 is Arabic, not Indian.

A: 역사상 0을 처음 발명한 사람이 누구야?

B: 인도인들이 0의 개념을 만들었다고 읽은 적이 있어.

A: 그들이 0이라는 숫자도 썼대?

B: 아닐걸. 0은 인도가 아니라 아라비아 숫자잖아.

어휘력 점프 6

이해력이 쑥쑥
스토리가 있는
영단어
100

초판 1쇄 인쇄 2019년 4월 8일
초판 1쇄 발행 2019년 4월 10일

글쓴이 이상민 & 썬 킴
그린이 김미은
펴낸이 김옥희
펴낸곳 아주좋은날
편집 이지수
디자인 안은정
마케팅 양창우, 김혜경

출판등록 2004년 8월 5일 제16-3393호
주소 서울시 강남구 테헤란로 201, 501호
전화 (02) 557-2031
팩스 (02) 557-2032
홈페이지 www.appletreetales.com
블로그 http://blog.naver.com/appletales
페이스북 https://www.facebook.com/appletales
트위터 https://twitter.com/appletales1
인스타그램 appletreetales

ISBN 979-11-87743-66-8 (64810)
ISBN 978-89-98482-36-7 (세트)

어린이제품 안전특별법에 의한 기타 표시사항

품명 : 도서 | 제조 연월 : 2019년 4월 | 제조자명 : 애플트리태일즈 | 제조국 : 대한민국
사용연령 : 8세 이상 | 주소 : 서울시 강남구 테헤란로 201, 5층(02-557-2031)